rororo

Linda Rachel Sabiers, Jahrgang 1984, ist Autorin und Kolumnistin. Sie schreibt für verschiedene Magazine, verfasste für die *Süddeutsche Zeitung* eine Kolumne über jüdisches Leben in Deutschland und einen Beitrag für die Anthologie Wir schon wieder. *16 jüdische Erzählungen*, die im September 2024 im Rowohlt Verlag erschien. Sie lebt in Berlin.

Linda Rachel Sabiers

Kleine Momente in der großen Stadt

Beobachtet vom Nebentisch

Rowohlt Taschenbuch Verlag

2. Auflage Dezember 2024
Originalausgabe
Veröffentlicht im Rowohlt Taschenbuch Verlag, Hamburg, Dezember 2024

Covergestaltung zero-media.net, München
Coverabbildung Irmela Schautz www.irmela-schautz.de
Satz Silva Text bei Pinkuin Satz und Datentechnik, Berlin
Druck und Bindung CPI books GmbH, Leck
ISBN 978-3-499-01563-2

FSC
www.fsc.org
MIX
Papier | Fördert gute Waldnutzung
FSC® C083411

Für Flora von Mama

«Kurzgeschichten verkaufen sich nicht.»

Anonym

Vorwort

Ich erinnere mich noch sehr gut an den Moment, an dem ich verstand, dass die Unendlichkeit existiert. Zumindest das, was sich ein neunjähriges Kind unter ihr vorstellt. Ich lag in meinem Hochbett, starrte an die Zimmerdecke und versuchte, so weit nach oben zu schauen, bis ich an etwas stoßen würde, das mich aufhielt. Durch den Beton des Hauses, in den Himmel, über die Wolken, ins Weltall, durch die Milchstraße und dann – für lange, lange Zeit – einfach nur durch schwarzes Universum. Die Weite, die dieses Gedankenspiel zuließ, erschreckte mich. Ich realisierte zum ersten Mal bewusst, dass es außerhalb unserer Erde, unseres Landes, unserer Stadt, unseres Hauses, unserer Wohnung und meines Zimmers etwas gab, das größer war, als ich verstehen konnte.

«Was würde tagein, tagaus passieren, wenn es unsere Erde nicht gäbe?», fragte ich mich. Mit welchen Ereignissen wäre die Unendlichkeit beschäftigt, wenn niemand frühstücken, zur Schule gehen, hinfallen, lachen oder geboren werden würde? Was passiert, wenn überall gleichzeitig nichts und alles ist? Eine zugegebenermaßen sehr menschzentrierte Art, das Leben beziehungsweise das «Nicht-Leben» zu betrachten, aber Kinder sind allgemein dafür bekannt, sich als Mittelpunkt der Welt zu sehen. Doch genau so muss es sein. Kinder sollen so lange wie möglich daran glauben, dass diese Welt nur für sie geschaffen wurde. Aber das ist ein anderes Buch.

Jedenfalls schlug mein Herz während dieses gedanklichen Experiments immer schneller, mir wurde heiß, und ich strampelte mit beiden Beinen die Daunendecke von meinem Körper. Und doch, als eine Art Mutprobe, ließ ich mich immer wieder auf diesen Gedanken ein. Ganz so, als würde ich erst einen Zeh und dann den gesamten Fuß über eine Klippe halten. Vorsichtig die Leere und den Wind spüren, um mich dann voller Schreck mit dem Rücken an das Felsmassiv zu lehnen, das Sicherheit und Nähe bedeutet.

Ich kehre seit dreißig Jahren immer wieder an diesen einen Tag zurück. Gedanklich, aber auch tatsächlich. Ich habe – das realisiere ich erst so richtig, seitdem ich dieses Buch schreibe – mein gesamtes Leben an diesem Spiel zwischen ultimativer Nähe und unendlicher Weite ausgerichtet. Ich lebte und lebe immer in großen Städten, ich bin immer gerne – auch alleine – gereist, ohne zu wissen, was mich hinter der nächsten Straßenecke erwartet. Ein Zeh vorsichtig im Makrokosmos, während mein Herz für den Mikrokosmos schlägt. Das Nahe, die Nähe, das Zwischenmenschliche, meine Nachbarn, meine Familie, meinen Mann, mein Kind.

Mit meiner heutigen Lebenserfahrung meine ich zu erkennen, dass das Gruseln vor dem Unendlichen, das übrigens darin resultierte, dass ich bis heute keine Dokumentationen über das Weltall oder die Tiefsee schaue, ein Vorbote meiner Ängste war. Denn Angst ist, anders als die Depression, die Furcht vor dem Unbekannten, vor dem, was morgen sein könnte, etwas, das real nicht existiert, das keiner Materie entspricht. Für mich ist Angst ein Gefühl, mit Dingen überfordert zu sein, die noch nicht eingetreten sind und in den meisten Fällen nie eintreten werden. Und auf diese Angst treffe ich vorwiegend in haltloser, anonymer Atmosphäre.

Als ich 2009 nach Berlin gezogen bin – ich war Mitte zwanzig, frisch verliebt und so planlos, wie man in diesem Alter sein sollte –, fühlte ich mich oft in das zwanzig Jahre zurückliegende Gedankenspiel zurückversetzt. Mit dem Unterschied, dass ich in keinem sicheren Bett lag, während meine Zehen langsam den Sog dieser großen Stadt ertasteten. Ich lebte und erlebte inmitten des Unbekannten. Jeden Tag ein wenig mutiger, jeden Tag eine neue Ecke, tausend neue Gesichter, Erfahrungen, Herausforderungen. Scheitern, Lieben, Hoffen, Hinfallen, Aufstehen – Berlin war damals für mich das grenzenlose Universum, das mir Angst bereitete und mich gleichzeitig in seinen Bann zog.

Ich erinnere mich auch noch sehr gut an den Moment, an dem ich verstand, dass Angst nicht nur ein Warnsignal des Körpers ist. Denn Angst kann, wenn sie außer Kontrolle gerät, vereinnahmend und allumfassend werden. Etwa so fühlte ich mich, als ich an jenem Morgen im Jahr 2014, wenige Monate vor meinem 30. Geburtstag, in der U-Bahn saß. Wir überquerten gerade die Warschauer Brücke, als mein Herz bis zum Hals pochte, meine Hände schwitzten und ich das Gefühl hatte, trotz tiefer Atemzüge zu ersticken. Ich suchte im Waggon nach Halt, ohne aufzufallen, und fand nur Rücken. Rücken in Mänteln, Rücken unter einem Rucksack, Rücken unter langem Haar, Rücken, die an der Trennscheibe zwischen meinem Sitz und dem Eingangsbereich lehnten. Ich erinnerte mich daran, dass man in einem Moment der Panik ganz bewusst alle Sinne wahrnehmen sollte. Ich atmete und atmete, während ich den Gummiboden und die Mischungen aus Aftershave, kalter Zigarette und nasser Wolle aufnahm. Ich atmete, während ich mit meiner Hand die kühle Haltestange neben mir ertastete, atmete weiter, als ich einem Paar dabei zuhörte, wie sie auf Englisch darüber diskutierten, wo sie aussteigen müssten, um zum Jüdischen Museum zu gelangen. Ihr Halt lag zu diesem Zeitpunkt bereits vier Stationen hinter uns. Und ich sah eine Frau, die ich heute noch bis ins letzte Detail beschreiben könnte. Sie saß mit verknoteten Beinen auf der gegenüberliegenden Sitzbank und stocherte gedankenverloren in einer Schale mit Obstsalat. Mein Fokus verlagerte sich vom Inneren aufs Äußere, von meiner Panik auf ihr Menschsein, das mir in diesem Augenblick Halt in der Anonymität gab.

Dieses Schlüsselerlebnis ist der Grundstein meiner nunmehr zehn Jahre anhaltenden Beobachtungsreise. Eine Art Therapie, die mich – außer unzähligen Tassen Kaffee – nichts kostet. Von West nach Ost habe ich mich durch sämtliche Cappuccinos probiert und könnte, als Nebeneinnahme, einen zuverlässigen Reiseführer für kaffeeversessene Touristen schreiben. Ein Laptop oder Handy, ein Tisch, eine Tasse Kaffee und Menschen – mehr brauche ich nicht. Mehr habe ich in den letzten zehn Jahren gefühlt nicht gemacht. Sitzen, Nippen, Beobachten, Tippen. So zogen die Jahre, meine Mitmenschen an mir vorbei, so bin ich gereift, so habe ich gelernt, so ist dieses Buch entstanden. Ich reise ohne Koffer, jedoch mit offenen Augen für den Alltag, der so oft übersehen und von der Sensation, die vor allem in Berlin hinter jeder Ecke lauert, übertüncht wird.

Ich werde häufig gefragt, ob all das, was ich aufschreibe, «wirklich so passiert» sei. Ich lächle und beantworte diese Frage auch hier nicht. Was ich jedoch verraten kann, ist, dass all das, was in diesem Buch steht, wirklich so geschehen kann, wenn man wach für seine Mitmenschen bleibt. Für mich liegt die Magie tatsächlich im Unaufgeregten, im Unmittelbaren, darin, dass ich mich im Gespräch anderer verlieren kann und dabei meine eigenen Gedanken für einen Moment vergessen darf.

Ich mache übrigens keine Fotos. Ich erwähne keine Namen, und es liegt mir beim Beobachten fern zu urteilen. Bin ich ein stummer Spiegel? Ein Abbild der Gesellschaft, die uns Tag für Tag umgibt, die sich einerseits immerzu wandelt und – das sind die sehr innigen Momente des Beobachtens – andererseits dem Zeitgeist trotzt? Menschen zu beobachten, während sie unbeobachtet einfach Mensch sind und sein dürfen, ist eine alte Zunft, die ich natürlich nicht erfunden habe. Ich begebe mich damit in Fußstapfen früherer Großstadtflaneure, die – ich nehme es einfach mal an – Ähnliches wie ich vorhatten: das Große für das Kleine einzutauschen und die Miniatur dem urbanen Circus Maximus vorzuziehen. Für mich ist das Sammeln der Geschichten für dieses Buch eine essenzielle Zeitreise in meine jüngere Vergangenheit gewesen, während der ich wieder einmal viel über mich selbst lernen durfte. Die Gedanken, die mich vor zehn Jahren beschäftigten, und die Menschen, die mir heute auffallen, sind nicht miteinander zu vergleichen.

Vor euch, liebe Leserinnen und Leser, liegt ein Tagebuch der Großstadt – ohne Schloss und Schlüssel. Denn unsere Mitmenschen sind offene Bücher, wenn man sich die Zeit nimmt, sich ihrem Schmerz, ihrer Liebe, dem Leid, dem Lachen – ihrem Alltag – zu widmen. Setzt euch einfach zu mir an den Nebentisch und überzeugt euch selbst.

Der Schlüsselmoment

Ich sitze in der U1 und beobachte die Dame mittleren Alters, die vor zehn Minuten gegenüber von mir Platz nahm. Etwa genauso lang ist die Frau mit ihrem Obstsalat beschäftigt, den sie mit einer Plastikgabel aus einer Tupperware-Schale isst. Versunken in ihrer eigenen Welt, trennt sie die verschiedenen Obstsorten in einer Endlosschleife voneinander, schiebt diese in eine der vier Behälterecken und murmelt immer wieder die Obstnamen vor sich hin. Apfel, Banane, Traube, Ananas. Apfel, Banane, Traube, Ananas. Apfel, Banane, Traube, Ananas. Es ist mir unmöglich, wegzuhören und wegzuschauen. Ich ertappe mich dabei, wie ich sie innerlich als verrückt abstemple und darüber nachdenke, ob sich die eigenen Sorgen dadurch relativieren. Apfel, Banane, Traube, Ananas wird zum Mantra meines heutigen Weges.

Die Dame scheint mich nicht zu beachten und sieht glücklich aus. Doch kurz bevor ich aussteige, blickt sie hoch, lächelt mich mit einem sehr zufriedenen Gesichtsausdruck an und sagt: «Ananas ist ein schönes Wort.» Mit fragendem Blick steige ich aus, stehe auf dem Bahnsteig und sage leise «A-na-nas» vor mich hin. Stimmt, Ananas ist ein sehr schönes Wort.

Altersschwäche

In der Mommsenstraße läuft ein altes Paar langsamen Schrittes vor mir her. Er ist in ihrer Armbeuge untergehakt, hinkt leicht und zieht mit der rechten Hand einen quietschenden Einkaufstrolley hinter sich her.

«Gut, dass wir jetzt zum Doktor gehen, Ursel. Die Hüfte tut mir wirklich sehr weh.»

«Wir sind auf dem Weg zum Ohrenarzt, Karl», sagt Ursel und tätschelt seine Hand.

«Ach, die Ohren. Ja, die sind auch beschissen.»

Von Fischen und Freundinnen

«Ick hätt jern dit Bismarck-Brötchen, bitte.»

«Das ist Seelachs, kein Bismarck, die Dame»

«Ick seh doch'n Bismarck, wenn's vor mir liegt!»

«Dort drüben liegt Bismarck. Das Brötchen, auf das Sie zeigen, das ist Seelachs.»

Die Dame schaut stumm in die Auslage, in der Fischbrötchen neben Fischbrötchen sauber aufgereiht ist. Ihre Freundin stupst sie an.

«Mensch, Gitte, wenn die Frau sagt, dass dit Seelachs und keen Bismarck is, dann wird dit wohl stimmen.»

Sie widmet sich der Verkäuferin und spricht weiter: «Schon inner Schule war die Gitte stur. Sie hat dann früh abjebrochen und den Rainer jeheiratet. Der hatte Jeld und Jeduld!»

«Mit dem Jeld gehn wa übrijens jeden Tag essen, du jemeine Kuh!», entgegnet Gitte und lacht.

«Also, eenmal dit Seelachs-Brötchen, dit aussieht wie Bismarck, bitte. Und 'ne Cola.»

Das Knigge-Dilemma

Wir stehen an der Eingangstür eines Cafés in einer Seitenstraße des Kurfürstendamms. Zwei ältere Herren, gekleidet in Sommerleinen, sehen sich konfrontiert mit der Crux tadelloser Manieren.

«Bitte, gehen Sie ruhig!»

«Ach, danke, aber gehen Sie ruhig vor!»

«Na, aber Sie waren doch vor mir an der Türe.»

«Ja, aber ich habe es nicht eilig, Sie können also gehen!»

«Ich habe es auch nicht eilig.»

«Dann gehen wir gemeinsam durch!»

«Gute Idee, bitte, Sie zuerst!»

Ruhe, bitte

Ein Vater und sein Sohn im Grundschulalter sitzen am Nachbartisch. Es gibt schwarzen Kaffee, einen verschütteten Kakao und Croissants. Als der Junge den ersten Bissen nimmt, schließt er seine Augen.

«Bist du noch müde?», fragt der Vater.

«Nein, ich muss mich konzentrieren.»

Retail-Romance

Manche Lederjacken kauft man für 900 Euro in einer Boutique. Glänzendes, schwarzes Leder, akkurat gesetzte Nähte, Knöpfe, so silbern, dass sie die Sonne reflektieren. Und dann gibt es diese anderen: solche, die einfach schon immer da waren, deren Leder kein Fabrikat, sondern tatsächliche Haut ist. Eine zweite Haut des Trägers. Kühl und trocken im Winter, speckig und schwitzig im Sommer. Sie riechen nach Lippenstift und Bier, manchmal nach Benzin, selten nach Meer. Ein Mann, der zu dieser Art Jacke gehört, nicht andersrum, sitzt neben mir, trinkt schwarzen Kaffee. Denn Milch und Leder, das geht nicht. Buschige Brauen, ein von der Sonne gegerbtes Gesicht. Könnte Mitte vierzig sein, vielleicht aber auch sechzig. Die Schultern breit und gerade unter seiner Jacke.

Als ich näher an ihn heranrücke und möglichst unauffällig tief einatme, stelle ich mir vor, dass sie und er, die Jacke und der Mann, Dinge erlebten, die ihn manchmal nachts aufwachen und wortlos lächeln lassen. Die Schnallen wippen im Takt seiner sich am Kopf kratzenden Arme, mit jeder Bewegung strömt Lederduft in meine Richtung.

Als wir beide zeitgleich unsere Kaffees leeren, frage ich: «Ihre Jacke, wo kann man die kaufen?», woraufhin er einige Sekunden ins Nichts schaut und mit den Schultern zuckt. «Dieses olle Ding? Das ist eine lange Geschichte.»

Eine Kippe und etwas Trost

Ich sitze in der prallen Sonne und trage einen Wollblazer. Mir ist warm, sehr warm. Dieses eine «warm», das man spürt, wenn man sein Gesicht etwas zu nah an offenes Feuer hält. Am Nachbartisch sitzt ein Typ, der so durchschnittlich aussieht, dass ich ihn, wenn es dazu käme, der Polizei nicht beschreiben könnte. Das rechte Bein liegt über dem linken, sein Fuß wippt, während er sich eine Zigarette dreht. Als er eine scheinbar bekannte Frauenstimme hört, blickt er auf.

«Matts, bitte entschuldige, die Ringbahn, du kennst das ja.»

Matts' Augen leuchten.

«Merle, es ist so, so, so schön, dich zu sehen.»

Matts' Stimme klingt warm. Eine der wärmsten Männerstimmen, die ich jemals gehört habe.

«Wie geht's dir, Merle?»

«Ach ... mir geht's richtig gut. Ich komme gerade vom Boot. Also, es ist beinahe ein Boot und kein Schrotthaufen mehr. Schau dir die Schwielen an!»

Merle hält ihre Hände vor seine Nase, und er streichelt vorsichtig über ihre Finger.

«Das sind wirklich beeindruckende Schwielen.» Matts lächelt, während er die Rillen abtastet.

«Und dir? Wie geht's dir, Matts?»

«Grauenvoll. Ich wünschte, du könntest die Schwielen in meinem Kopf berühren.»

Momente mit alten Menschen

Im Tierreich gibt es etliche Formen von Symbiosen unter den Arten. Wölfe und Kolkraben, Clownfische und Seeanemonen, Ameisen und Blattläuse, Madenhacker und Nashörner – sie profitieren voneinander, sie geben sich einander das, was sie zum Leben brauchen. Solch eine Symbiose verbindet mich mit alten Menschen: Sie reden, und ich höre zu. Ich brauche Erlebnisse, um Geschichten erzählen zu können. Und sie brauchen Menschen, denen sie ihre Erlebnisse wie Geschichten erzählen können.

Alte Menschen sind oft allein unterwegs. Sie sitzen allein im Café, im Schnellrestaurant, im Bus oder auf einer Parkbank. Da ich oft einfach ruhig dasitze oder stumm spaziere, bin ich ein leichtes Ziel, das in der Hektik der Großstadt so anziehend ist wie ein Meisenknödel im kalten Winter. Nur sind die Vögel, die meine Nähe suchen, nicht bunt gefiedert, sondern beige. Milchkaffeebeige, sandbeige, eierschalenbeige. Die Farbe des Alters, die Senioren von der Kleidungsindustrie aufgezwungen wird, um sie unsichtbar zu machen.

Man, die Gesellschaft, sieht ihre Alten einfach nicht. Oder empfindet sie als störend und muffig – manchmal auch zu Recht. Doch Menschen, die in Deutschland zwei Diktaturen – die Nazis und die Kommunisten – erlebt haben, können sich einen gewissen Pessimismus auf unser Miteinander erlauben. Über die Jahre habe ich viele Unterhaltungen mit und von älteren Menschen festgehalten, die in diesem Buch eine besondere Erwähnung verdienen. Vor allem die Gespräche mit meiner Großmutter.

Oma Erika sagt, dass ich ihre «Wiener Figur» geerbt hätte. Busen, Po, kräftige Oberschenkel – diese Wiener Figur findet sich jedoch auch auf der anderen Seite meiner Familie wieder. Viel eher, das bilde ich mir ein, hat sie mir ihre Liebe zum Schreiben vererbt. Sie schreibt seit Anfang der Siebzigerjahre, teilweise mehrere Stunden am Tag, am liebsten im Liegen, weil dann die Hüfte nicht schmerzt. Keine gedruckten, keine verlegten Bücher – aber auch keine Tagebücher. Ich würde sie Gesellschaftschroniken nennen. Handschriftlich verfasst, mit Zeitungsausschnitten, Fotos, Dankeskarten und allerlei Memorabilien versehen. Ihre Briefe an Angela Merkel, die nie versendet wurden, mahnende Worte an einen längst verstorbenen nassauischen Prinzen, Liebesbriefe an meinen Großvater, der zeit seines Lebens – vermeintlich – den Ton angab, Kommentare zur Weltpolitik, zum Euro, zu Terrorakten und gesellschaftlicher Ungleichheit, Gedichte und Geburtstagsbriefe – eine Welt auf weißen, linierten Seiten, die sie aus ihrem 300-Seelen-Dorf im Taunus kommentiert.

Ich spreche mehrmals wöchentlich mit meiner Großmutter. Wir unterhalten uns über Liebe, Sex, Untreue, Krieg und Frieden, über das Leben im Nachkriegsdeutschland und ihre Jugendjahre in der Nazidiktatur. Ich bin Jüdin – meine Großmutter, die Mutter meines Vaters, ist keine Jüdin. Und sie gibt mir als einziger Mensch, als einzige Zeitzeugin in meinem näheren und weiteren Umfeld, Einblick in eine Zeit, die ich nur aus den Erinnerungen meiner überlebten jüdischen Vorfahren kenne. Daher ist die Beziehung zu ihr für mich in vielerlei Hinsicht auch eine Übung in Ambiguitätstoleranz – unsere Lebensrealitäten sind dermaßen vieldeutig und mehrschichtig, dass ich ihre Geschichte, die stark von ihren Erfahrungen als junges Mädchen in Hitler-Deutschland geprägt ist, teilweise aushalten muss. Während meine jüdischen Vorfahren aus Deutschland fliehen mussten oder ermordet wurden, schmerzt sie die Erinnerung an eine Fliegerbombe, die den Hof der Familie traf und große Zerstörung anrichtete. Während meine Identität unmittelbar vom Trauma des Holocausts geprägt ist, musste ich als Enkelin der

Täter- und Opfergeneration mit diesem krassen emotionalen Spagat leben lernen.

Das Heimatdorf meiner Großmutter wird an seiner Ostseite von einem Hügel begrenzt, auf dem «die da drüben» wohnten. Die da drüben, das sind keine Ausländer. Das sind einfach die, die auf dem Hügel jenseits des Tals leben. Ich denke oft und gerne an die Ferientage auf dem Land zurück, die so gänzlich anders geprägt waren als unser Alltag zu Hause. Zu Hause, das war Köln, das waren offene Türen, Nachbarn, Freunde, die zum Essen und zum Kaffee kamen. Unangemeldet, mit festen Umarmungen und lautem Lachen. Das war der Geruch nach Kreuzkümmel und Basilikum, einem Telefon, das öfter läutete, als es stumm auf dem Sekretär stand. Sie, wir, sprachen Deutsch und Hebräisch, Bulgarisch und Ladino, das in Deutschland kaum bekannte Judenspanisch, das es auf wundersame Weise aus dem 15. Jahrhundert in die Kölner Innenstadt der Jahrtausendwende geschafft hat. Es war oft hektisch unter all den Leuten, das kann ich heute einordnen. Aber es war unser Zuhause, wie auch das Zuhause bei Oma und Opa – wo nach der Uhrzeit, nicht nach dem Hunger gegessen wurde. So verschieden diese Orte waren, so sehr ähnelten sie sich in einer Sache: Beständigkeit. Ich kann und konnte mich auf das lebendige Familienleben in Köln und auf die ländliche Wirtschaftswunder-Routine meiner Großeltern verlassen.

Die Anfangsmonate der Corona-Pandemie fielen mir enorm schwer. Alles, was ich mir routiniert aufgebaut hatte, das Beobachten, das stumme Schreiben im Café, fiel weg. Mein Exoskelett aus sich immer wiederholenden Abläufen brach in sich zusammen. So ersetzte ich das Sitzen im Café mit langen morgendlichen Spaziergängen, in denen ich mit Oma Erika telefonierte. Das gab mir ein Gefühl von Beständigkeit zurück. Ich fing an, Dinge, die sie sagte –

Lustiges, Nachdenkliches, Weises, Zynisches –, auf Instagram zu veröffentlichen und erhielt in kurzer Zeit wahnsinnig viel Zuspruch.

Omas Blick auf die Welt und unsere Gesellschaft, der einerseits scharfsinnig, andererseits enorm vom Lebensstil der Kriegs- und Nachkriegszeit beeinflusst ist, traf einen Nerv. Ich erhielt unwahrscheinlich viele Kommentare und Nachrichten von dankbaren Leserinnen und Lesern, die Erika in ihr Herz geschlossen hatten. Seitdem gehören die kurzen Auszüge aus «Am Telefon mit meiner Großmutter» zum festen Repertoire meines Online-Auftritts – etwas, das sie nicht wirklich versteht, aber amüsiert. Mit 96 Jahren freut sie sich darüber, dass sie nicht nur mir, sondern einer größeren Zuhörerschaft Ratschläge geben darf, die von «Ingwerpulver geht immer» bis hin zu «Wenn du etwas Odol nachspülst, ruinieren dir Antibiotika nicht den Magen» alles beinhalten, was das Leben erleichtert und – vor allem – verlängert.

Am Telefon mit meiner Großmutter

«Oma, wie fühlst du dich?»

«Wie man sich halt mit 96 fühlt. Momentan lasse ich abends im Bett mein Leben Revue passieren.»

«Und? Zu welchem Fazit bist du gekommen?»

«Noch zu keinem. Ich schlafe in der Nachkriegszeit immer ein.»

Taubes Blut

Sie liest den Kulturteil einer Tageszeitung.

«Heiner, hier ist ein ganz toller Text über eine hessische Prinzessin. Hochinteressant, diese Verflechtungen mit Preußen.»

Er lehnt sich mit angestrengtem Gesicht zu ihr.

«Wer schreibt denn über hässliche Prinzessinnen?»

«Ach, Heiner, sie war aus Nassau!»

«Was hat das denn mit ihrem Aussehen zu tun?»

Der sture Gerd

Nach einem nicht enden wollenden Winter recken die ersten Frühlingsblumen ihre Köpfe durch die Vorgartenbeete in den Ku'damm-Seitenstraßen. Herr und Frau, ihr Arm auf seinem, spazieren, nein, sie flanieren um den Savignyplatz. Als sie vor einer Reihe lilafarbener Blüten ankommen, bleibt er stehen.

«Wenn aus Globus Globen wird, dann sollte aus Krokus Kroken werden.»

«Es heißt aber Krokusse, Gerd.»

«Mir wäre es lieber, wenn es ein Beet voller Kroken wäre.»

«Was dir lieber wäre, ist der deutschen Sprache egal.»

Gerd schweigt und grübelt.

«Ein Beet mit Kroken. Das bleibt jetzt so.»

«Wir bleiben auch so, oder?»

«Natürlich, Ursel. Und jetzt schau dir die schönen Kroken an!»

Jesus, der Rücken

Noch nie habe ich mich so beobachtet gefühlt wie in den letzten Tagen. Kein Wunder, ich bin die Einzige auf dem Spielplatz, die gebückt ihrem krabbelnden Kleinkind hinterherläuft. Mein linkes Bein schmerzt bei jedem Schritt, während ich versuche, mir vor meiner Tochter nichts anmerken zu lassen. Ich lächle, lächle den heißen Julinachmittag weg, lächle den ungenierten Blicken entgegen und verfluche innerlich die Bandscheibe des fünften Lendenwirbels, die vier Altbauetagen, zehn Monaten Schwangerschaft und 15 Monaten Fehlhaltung nicht standhalten konnte.

Das Kind schaukelt, ich hocke mich in den Sand, der kurz nach der Wende aufgeschüttet worden sein muss. Alte Federn, alte Knöpfe, ein paar Schraubverschlüsse, zwei tote Käfer – alles in meiner Reichweite. Mein Mädchen kichert, kichert heller als die Sonne, die den Südzipfel des Spielplatzes unbespielbar macht.

«Entschuldigung!», höre ich hinter mir eine Frauenstimme rufen. Ich mache mich schon bereit, einer ungeduldigen Mutter zu entgegnen, dass mein Kind erst seit zwei Minuten schaukle. Bereit zum Kampf, bereit, unseren Platz an der heiß umkämpften Babyschaukel zu verteidigen. Doch ich blicke in sanfte Augen, die hinter einer grünen Acetatbrille wohlwollend auf mich herabblicken.

«Ist dein Rücken kaputt? Hast du Schmerzen? Brauchst du Hilfe?»

Drei Fragen, auf die ich wie aus der Pistole geschossen mit «Ja» antworten möchte. Ja, kaputt. Ja, Schmerzen. Ja, zur Hölle, ich brauche Hilfe. Von Schamanen, Neurochirurgen, einer Nanny, meiner Mutter oder dem lieben Gott persönlich. «Ja zu allem!», entgegne ich. Wieder lächelnd, Haltung bewahrend, wo Haltung längst nicht mehr einzunehmen ist.

«Du, das klingt jetzt vielleicht blöd», stammelt sie, deren kleiner Sohn schüchtern zwischen ihren Oberschenkeln tänzelt. «Ich bin gläubig, also, sehr gläubig. Und Jesus, also ... Jesus hat mich letztes Jahr von meiner Glutenintoleranz geheilt. Na ja, und da dachte ich, dass ich ... also ... nur wenn du möchtest, mal kurz für dich beten könnte.»

Ich blinzle sie stumm an und denke daran, wie schwer es ist, als Kassenpatientin einen Termin bei einem guten Osteopathen zu bekommen. «Ich bin Jüdin. Wäre das ein Problem für Jesus?», ist das Einzige, was mir auf diesen ungewöhnlichen, aber netten Vorschlag einfällt.

«Überhaupt kein Problem. Ich lege meine Hand auf deinen Rücken und lasse ihn seine Kraft entfalten.» Ich nicke elend wie ein angeschossenes Reh und parke das Kind im Sandkasten, bevor ich mich neben die fremde Gläubige setze, die mir erst eine Blaubeere und dann Jesus anbietet.

Ihre Hand liegt schwer und warm auf meinem Rücken. Unter dem Kindergeschrei nehme ich ihr Gebet nur lückenhaft wahr: «Jesus mache das, Jesus mache jenes. Hilf ihr, dass tralala, Rücken, blabla, nimm den Schmerz, deine Gnade ist diesdas, Amen.»

«Amen!», pflichte ich ihr bei. Ich atme aus, amen, atme ein, amen. Auf einem Spielplatz im Prenzlauer Berg. In dieser gottlosen Stadt. Ein Gebet unter Fremden, unter Frauen, unter Müttern. Zwischen dem Alten und Neuen Testament. Zwischen Schmerz und Hoffnung, neben einem Mülleimer und meinem Kind mit engelsgleichen Locken.

Eine Krähe macht noch keine Irre

Eine alte Frau im elektrischen Rollstuhl lässt Brotkrumen neben sich auf den Boden rieseln, während sie langsam den frisch betonierten Weg entlangfährt.

«Juten Morgen, junge Frau!», grüßt sie mich.

«Guten Morgen!», antworte ich.

«Ick füttere die Krähen!»

«Großartig!»

«Wollt nur sicher jeh'n, ditt Se nich denken, ick hätt 'nen Schaden.»

Thank you for smoking

Ich nehme meinen Cappuccino mit nach draußen, um mich der Berliner Kälte auszusetzen, die mich Jahr für Jahr in ihrer Härte und Abruptheit überrascht. Wie Eisbaden ohne Wasser, dafür mit ähnlicher Überwindung. Ich lasse bewusst das Handy, das Buch und die Kopfhörer in der Tasche und die vorbeilaufenden Menschen, diese hektischen, müden Berliner Morgenmenschen, an mir vorbeiziehen. Nach kaum zwei Minuten Einsamkeit setzt sich eine ältere Frau neben mich. Ihr Kunstpelz riecht nach Mottenkugeln, zwischen den Fingern der linken Hand klemmt eine Zigarette. Mit geschlossenen Augen atme ich den Rauch ein und erinnere mich lächelnd an meine Zeit als Raucherin. Meine letzte bewusste Zigarette habe ich Anfang September 2021 geraucht, wenige Stunden bevor ich erfahren habe, dass ich schwanger bin. Ich vermisse es zu rauchen. Die guten Momente, die ich mit einer Zigarette, einem leeren Pastateller, einem vollen Rotweinglas, Sommerabenden und guten Gesprächen verbinde.

Die Frau zieht intensiv an der Kippe. Ganz so, als würde sie ihren Lungen eine Freude bereiten wollen. Bei genauem Hinsehen fallen mir der abgeblätterte Nagellack und die Staubpartikel in ihrem Haarknoten auf.

«Ich wollte Sie nicht vollqualmen, bitte entschuldigen Sie», sagt sie in den Morgen hinein, ohne mich dabei anzuschauen.

«Kein Problem. Ich war selbst Raucherin und vermisse es.»

«Wenn das so ist, dann sollten Sie wieder anfangen. Alles Gute in meinem Leben hatte mit einer Zigarette zu tun. Mein erster Kuss, als ich meinen Mann in einer Kneipe kennenlernte, Sommer in Ungarn.»

«Das klingt schön.»

«Als ich mit dem Rauchen aufhörte, ist mein Mann gestorben. Kurze Zeit später habe ich meinen Job verloren, vor zwei Jahren bekam ich Brustkrebs. Seitdem rauche ich wieder.»

«Denken Sie wirklich, dass das eine das andere bedingt?»

«Keine Ahnung, aber ich möchte nichts riskieren.»

Nicht ohne Rudi

Drei Betrunkene sitzen auf einer Parkbank. Zwei Männer, die sich abwechselnd eine Flasche Korn teilen, und eine Frau, die verzweifelt in einer zerfledderten Plastiktüte nach etwas sucht, das sie vor sehr langer Zeit verloren haben muss. Der linke auf der Bank, der mit den grauen Schneidezähnen und einem zahnlosen Unterkiefer, mault seine Freundin an: «Renate, ick sach's dir noch mal: Von mir bekommste keene Brause mehr. Du schläfst jetz erst mal deenen Rausch aus und dann kieken wa!»

Renate, die an diesem Spätsommertag eine fleckige Daunenjacke trägt, schaut langsam zu Rudi auf.

«Ick will deene bescheuerte Brause nich, Rudi. Ick will janüscht von dir. Ick will dit allet hier nüscht. Ick will eenfach meene Ruhe, vastehste?»

Rudi, sichtlich getroffen von Renates Ehrlichkeit, klammert sich an seinen Korn.

«Dann biste aber alleene, Renate. Willste dit? Willste alleene sein mit dieser Scheiße?»

Renate blickt zum Spielplatz hinüber, auf dem eine Gruppe Kindergartenkinder schreiend tobt.

«Nee, Rudi, so janz alleene seen will ick ooch nich.»

Eine Bank, einhundert Geschichten

Von hier, wo ich stehe, verläuft die Straße ostwärts. Am hinteren Ende, dort, wo sie abzweigt, ist Haus Nummer eins, an dessen Fassade Blauregen rankt. Vor dem Eingang steht eine Bank, deren Latten vom Regen morsch und durch die Ärsche Tausender Berliner verbogen sind. Niemand scherte sich um diese Bank, die, das wissen wir heute, perfekt ausgerichtet ist: In der Morgensonne sitzen die Mütter, in der Mittagssonne die Bauarbeiter und in der Abendsonne die jungen Leute mit einem Aperol Spritz in der Hand. Die Bank, in all ihrer Hässlichkeit und selbst mit dem Holz, das Risse in der Kleidung hinterlässt, ist seit der Pandemie ein Urlaubsziel. Sie ist Beichtstuhl, Homeoffice und Strandbar. Sie ist Rügen für die Juppies, Mallorca für die Normalos und Sardinien für die stillen Genießer. Von dort, wo ich stehe, laufe ich los in Richtung Bank. Ich möchte lesen und Kaffee trinken. Es ist kurz vor acht, ich muss mich beeilen. Denn um acht kommen die, die gerne Handtücher auf den Poolliegen verteilen.

Die Eier müssen in den Kühlschrank

Vor einem Supermarkt steht ein Paar. Er trägt zwei volle Einkaufstüten, sie zündet sich eine Zigarette an und redet auf ihn ein.

«Mensch, ick will doch einfach nur, dass'te mich bejeisterst!»

Sein Blick folgt einem vorbeifahrenden Mercedes.

«Jens, hörste mich überhaupt? Jens? Ick will doch nur'n bisschen Bejeisterung. Vastehste?»

Er schaut sie an, schaut ihr beim Rauchen zu. Schaut die Asche an, die im Wind davonfliegt. Schaut auf den abgeblätterten Nagellack, schaut auf die Fältchen um ihre Mundwinkel, den grauen Haaransatz, die fliederfarbene Windjacke.

«Ick gloob, die Eier müssen in'n Kühlschrank, Elke.»

Sie drückt ihre Zigarette am Mülleimer aus und geht voran.

Kalter Kaffee

Ich sitze gebeugt über der Tageszeitung, halte die Cappuccinotasse in der rechten Hand, wippe mit dem linken Bein. Ein älterer Mann setzt sich neben mich, trinkt einen Espresso und klimpert mit dem Kleingeld in seiner Hosentasche.

«Zu viel Kaffee!», sagt er und zeigt auf meinen nervösen Oberschenkel.

Ich lächle verlegen und schlage meine Beine übereinander.

«Tee ist besser!», merkt er an und grinst breit. So breit, dass seine Goldzähne im Unterkiefer sichtbar werden.

Ich nicke, schlürfe den Satz aus der Tasse und sehe, wie er seine Centstücke zählt und zur Bar geht.

«Hier, gegen zuckende Beine!», sagt er, stellt eine Tasse Ingwertee mit Honig auf meinen Tisch und schlurft aus dem Lokal.

Der Fußabtreter

Unter einer Trauerweide steht ein grünes Campingzelt. Ein spazierendes Paar bleibt stehen, seufzt, schüttelt die Köpfe.

«Dass man so hausen muss, mitten in Berlin. Die armen Leute», kommentiert die Frau das Szenario.

Ein junger, etwas zerzauster Typ, streckt seinen Kopf aus dem Zelt: «Mir jefällt's hier sehr gut, du Schlampe.»

Spielgeld

Neben mir sitzt ein Vater mit seiner Dreijährigen. Er trinkt Espresso, sie eine Tasse Kakao. Sie füttert den Hund, der zu ihren Füßen liegt, mit Apfelstücken aus ihrem Joghurt. Als es Zeit ist zu gehen, besteht sie darauf, mit dem Geld aus ihrem pinkfarbenen Geldbeutel zu bezahlen. Das Kind stapft zur Theke, stellt sich auf die Zehenspitzen und fragt nach der Rechnung. 7 Euro 80, antwortet der Barista lächelnd. Sie kramt Dinge aus dem Beutel und legt alles dem entzückten Typen vor die Nase: zwei Haarspangen, einen alten Keks, eine Kastanie, einen Knopf und zwei Centstücke. Ihr Gegenüber zählt konzentriert durch und gibt ihr eine Haarspange zurück.

«Das war zu viel, der Rest passt, danke!»

Sie kichert, nimmt den Hund und läuft zur Tür, während ihr Vater heimlich zehn Euro auf der Theke liegen lässt.

Augenblicke

Beinahe jeden Morgen kommt ein Mann ins Café. Und an jedem dieser Morgen schaut er eine Frau an, die an einem Tisch sitzt und Milchkaffee trinkt. Er schaut sie an und scheint zu hoffen, dass sie hochschaut. Und sie schaut hoch, jeden Morgen. Dann wieder runter, gibt vor, mit ihrer Tageszeitung beschäftigt zu sein. Dabei blättert sie selten. Seine Unterlippe zittert, sein linkes Bein wippt. Vielleicht möchte er sich zu ihr setzen, fragen, wie sie heißt, ihr ein Croissant kaufen, dabei zusehen, wie sie es isst, vielleicht ihre Hand aus Versehen berühren. Nur kurz. Man möchte sie einander vorstellen, Amor spielen, dem Schicksal nachhelfen. Doch er geht immer genau so zuverlässig, wie er gekommen ist. Als müsste es genau so sein.

Hessisches Stillleben

Der Hund erbricht unterm Tisch. Salzstangen, Scheibenkäse und Schinken. Ein warmer Brei, den ich durch die Strumpfhose an meinem linken großen Zeh spüre. Meine Großmutter erzählt von früher. Sie erzählt so lebhaft, so detailliert, dass damals auch gestern gewesen sein könnte. Und früher, das weiß ich durch sie, war nicht alles besser. Gleich werden mein Vater und ich spazieren gehen und die lockigen Kühe mit alten Äpfeln füttern. Wir werfen sie auf die Weide, über den Stacheldraht, schauen den dampfenden Rindern beim Schmatzen zu und reden über das Früher meiner Großmutter, das auch das Früher meines Vaters war. Nur anders.

Im Wohnzimmer riecht es immer gleich, schon früher, auch heute. Nach Heizung, nach dem Weihnachtsstrauß auf der Kommode, etwas staubig durch den hellblauen Teppich, auf dem ich noch nie einen Fleck gesehen habe. An den Wänden hängen tote Hirsche, geschossen von meinem Großvater. Im Taunus bin ich immer Kind, das war schon früher so. Die Autobahn, jede Kurve, kenne ich im Schlaf. Wenn ich hinten sitze, schlafe ich. Das Radio läuft, WDR 5. Meine Eltern unterhalten sich, die Hunde grunzen neben mir. Sie grunzen, wenn sie nicht gerade kotzen. Auf dem Tisch stehen Plätzchen, meine Großmutter streichelt meinen Handrücken mit ihrem krummen Daumen.

«Der war schon immer krumm», sagt sie.

Ich schaue meinen Vater an. Er schüttelt den Kopf.

Straßeneckenskepsis

Zwei ältere Männer an der Straßenecke.
«Neun grad, wa?»
«Jestern noch 25.»
«Varückt, diese Zeiten.»
«Niemand kannste mehr traun.»

Post mortem

Die Chance, morgens in einem Café zu landen, das in Endlosschleife abwechselnd «Sweet Home Alabama» und «Country Roads» spielt, ist gering, aber nicht unmöglich. Das erlebe ich, als ich mich in dem braunen Ledersessel zurücklehne, die Augen schließe und mir wünsche, dass Billie Holidays Samtstimme die knarzenden Lynyrd Skynyrd ablöst. Es gibt auch Dinge, die man in einem Café nicht erwartet. Zum Beispiel eine nasse Zunge, die genussvoll an deinen Fingern schleckt, während du an Billie Holiday denkst. Ich blicke über den Sesselrand und sehe Magda, eine struwwelige Mischlingshündin. Magda wedelt mit dem Schwanz und schaut mich mit ihren milchtrüben Augen an.

«Magda, hör auf zu schlotzen!», höre ich aus der Ecke rufen.

Magdas Herrchen ist ein älterer Herr, der die Tageszeitung ärgerlich zusammenlegt und in meine Richtung stapft. Magda und ihr Mensch scheinen gleich alt zu sein.

«Entschuldigen Sie, Magda ist fast blind und hat Alzheimer. Sie müssen nach meiner verstorbenen Frau riechen. Magda geht eigentlich nicht mehr auf fremde Menschen zu.»

Ich lächele, lasse Magda noch etwas an meiner nach Vergangenheit duftenden Hand schnuppern und stelle mir vor, wie Hildegard, oder wie auch immer ihr Name war, gerochen haben muss.

Relativ mittig

Neben mir sitzen zwei junge Frauen. Sie unterhalten sich auf Englisch. Sie tragen helle Jeans und weiße Leinenturnschuhe, die Blonde, mit grünen Ohrringen und Sommersprossen, dreht mittlerweile die achte Runde mit ihrem Löffel in der Kaffeetasse, während die Brünette nervös an einem Croissant knabbert.

«Ich würde dich gerne küssen», flüstert die Blonde. «Möchtest du mich nicht küssen?»

«Doch.»

«Wieso tun wir es dann nicht?»

«Weil es alles so kompliziert macht.»

«Aber kompliziert kann auch schön sein.»

«Ich habe es lieber schön und unkompliziert.»

«Komm mit mir nach Hause!»

«Wohin?»

«Nach Riga.»

«Komm du doch mit zu mir nach Lissabon.»

«Ich kann nicht.»

Die braunen Haare der Portugiesin spiegeln sich im Schaufenster, von ihrem Croissant sind nur noch einige wenige Krümel übrig.

«Dann lass uns in der Mitte treffen!»

«Berlin ist relativ mittig, oder?» Beide lächeln.

«Dann ist doch alles gut, oder nicht?»

«Irgendwie schon.

Sie küssen sich.

Na(c)hbarschaft

Die Zeitung liegt aufgeschlagen neben meiner Tasse Cappuccino. Die Tür des Ladenlokals ist weit geöffnet, obwohl der Herbstwind an diesem Morgen klirrend kalt verkündet, dass der Spätsommer ein für alle Mal vorbei ist. Ich lege mir einen Schal um den Hals und nehme einen Schluck des viel zu heißen Kaffees. Wir, die Morgenbande, die sich unter der Woche zwischen halb neun und neun in immer wiederkehrender Konstellation trifft, aber einzeln einer feinen, wenngleich erschreckend banalen menschlichen Routine nachgeht, nickt sich zu. Die Plätze sind voll besetzt, an jedem Vierertisch sitzt genau eine Person. Wir brauchen das Alleinsein in einem Café voller Menschen. Überwältigt von den Weltnachrichten blättere ich lustlos durch die noch glatten Seiten der Tagespresse und sehe eine Frau am Stehtisch lehnen, die ich bisher noch nicht im inoffiziellen Wohnzimmer unserer Nachbarschaft gesehen hatte. Sie kritzelt in ein Notizheft und knabbert an einem mit Vanillecreme gefüllten Cannoli. Als ihre Freundin die Salumeria betritt, blickt sie auf, lächelt und geht ihr entgegen. Sie umarmen sich.

«Fester!», sagt sie.

«Wie fest denn?», fragt die Umarmende.

«Einfach so fest, dass kein Blatt zwischen uns passt.»

Ich schaue mich um, schaue in bekannte Gesichter. Und was ich sehe, ist das Verlangen nach genau solch einer Umarmung, die die Kälte dieses Morgens mit Wärme übertüncht.

Am Telefon mit meiner Großmutter

«[...] dann war der Wind etwas zu kalt und ich habe mich von der Terrasse in den Wintergarten gesetzt.»

«Was hast du dort gemacht?»

«Na, rausgeschaut?»

«Wohin geschaut?»

«In die Wolken.»

«Ist das nicht langweilig?»

«Es waren Wattewolken!»

Am Telefon mit meiner Großmutter

[…] «Oma, ich verstehe dich kaum, weil du schmatzt. Was isst du?»

(Stille)

«Einen Schokonikolaus.»

«Sollen wir lieber später reden?»

(längere Stille)

«Besser ist's.»

Herr Gott

Der Pastor, der jeden Morgen mit seiner Mutter und einem wechselnden Tischgast in «unserer» Salumeria frühstückt, erzählt lebhaft von seinen Anfangsjahren als junger Geistlicher. Wenn er lacht, ruckelt sein kugeliger Bauch, wenn er sinniert, lauschen seine Begleiter andächtig. Ich sitze still am gegenüberliegenden Tisch und achte darauf, dass selbst der Löffel, mit dem ich die Schaumkrone meines Cappuccinos abtrage, nicht am Porzellan klirrt. Plötzlich stockt der Pastor und blickt zu mir herüber.

«Sie haben eine schöne Hose an.»

Ich möchte sofort reagieren, mir fällt jedoch auf die Schnelle nicht ein, wie man einen Pastor anspricht. Daher sage ich: «Vielen Dank, Herr ... Hochwürden.»

Seine Wangen erröten, der Bauch setzt zum Ruckeln an.

«Wenn ich nicht auf mein bescheidenes Schwarz beschränkt wäre, würde ich wahrscheinlich jeden Tag grün gestreifte Hosen tragen. Sie können übrigens Herr Pastor sagen!»

Meine Marlies

Im Radio des Cafés läuft eine eigenartige Mischung aus 80s-Pop und Kuschelrock. Die unvorhersehbare Mischung der Tempi stört mich beim Lesen eines Buches, das ich an diesem verschneiten Samstagnachmittag blind aus dem Regal gezogen habe. Es hätte gemütlich sein können, wenn dies eine Skihütte und keine Kaffeehauskette wäre. Wenn es nicht Berlin wäre, vor allem aber, wenn meine Gedanken nicht wären. Ich bin ihnen hörig, gebe mich widerstandslos ihrem fragwürdigen Wertekanon hin. Auf den benachbarten Sesseln sitzen zwei, die sich schon lange kennen. Vierzig Jahre, um genau zu sein. Das weiß ich, weil der eine zum anderen sagt: «Du, wir kennen uns ja schon vierzig Jahre».

«Stimmt», entgegnet der, dem die Aussage gilt.

«Stimmt!», und: «Wirste jetzt emotional oder was?»

«Nee, werd ich nicht. Hab nur aus dem Fenster geschaut und überlegt, was hier vor dem Shoppingcenter stand. Und dass da vorne anner Ecke das Kino war, in das wir uns früher reinjeschlichen haben.»

«Wirst ja doch emotional!»

«Bisschen vielleicht.»

Die beiden schweigen und nippen an ihrem Kaffee.

«Bereuste eigentlich was?»

«Was? Bereuen? Wann?»

«Na, so generell.»

«Ich bereue tausend Dinge. Aber soll ich jetzt so einen auf ‹hätte hätte› machen?»

«Nee, musste nicht. Aber sag mal eine Sache, die du so richtig bereust.»

«Dass ich die Marlies nicht geküsst habe.»

Sein Freund lächelt.

«Meinste meine Marlies?»

«Die is ja nur deine Marlies, weil se nich meine Marlies is.»

Sein Freund schaut in die vorbeilaufende Menschenmenge und murmelt: «Ich frag die Marlies nachher mal, ob sie auch was bereut.»

Süßes fürs Saure

Ich kann nicht aufhören, die Frau am Tisch gegenüber anzustarren. Sechs Teelöffel Zucker auf ein Glas, zwar ein großes, aber immerhin nur ein Glas Latte macchiato.

Beachtlich!, denke ich mir und widme mich wieder meinem Buch.

«Ick weeß, is viel Zucker. Aber mit jede Krise schütt ick eenfach noch een Löffel dazu. Hülft ja nüscht. Ick sach Ihnen, bevor der Putin den roten Knopp drückt, bin ick an Diabetes jestorben.»

Kinder fürs Volk

Auf einer Parkbank sitzt ein alter Mann. Ich setze mich neben ihn und halte meinen kugelrunden Bauch in die Vormittagssonne. Das Baby strampelt, ich lehne mich weiter zurück, spreize die Beine wie ein Kerl in der U-Bahn und schließe meine Augen.

«Sie machen dit jenau richtig, junge Frau!», höre ich von rechts neben mir.

Die Sonne liegt wie Blei auf meinen Augenlidern, daher frage ich blind in seine Richtung: «In der Sonne sitzen?»

«Nee, mit dem Baby. In diesen Zeiten, mit dem Krieg und dem janzen Scheiß, muss man Kinder machen, um denen da oben den Finger zu zeigen.»

Ich lächle, das Baby liegt still.

«Schön, dass Sie das sagen, denn manchmal frage ich mich, ob es eine gute Idee ist, neue Kinder in diese Welt zu setzen.»

«Ick war ooch so'n Fingerzeig-Kind, bin 43 jeborn, da war meen Vater schon inner Plötze. Wegen Spionage für die Amis. Meene Mutter hat mich trotzdem bekommen, hätte ja auch mit'm Kleiderbügel ... Sie wissen schon.»

Ich stelle keine Gegenfragen zur Spionage und ja, ich wusste, was mit dem Kleiderbügel gemeint war.

«Und bereuen Sie es, geboren zu sein?», möchte ich wissen.

«Janz und jar nich, heute scheint doch die Sonne.»

Ruheabteil

In Charlottenburg, das fällt mir sofort auf, bin ich unter den im Café sitzenden Frauen, es sind an diesem Morgen fast ausschließlich Frauen, die jüngste. Wir alle sitzen jeweils allein an einem Tisch. Aufgereiht wie im Zug, der Blick in Richtung Fensterfront. Im Hintergrund läuft Jazz, der Terrier einer älteren Dame liegt unter ihrem Stuhl und schlotzt Blätterteigkrümel aus den Bodenritzen. Es ist erstaunlich ruhig für einen Raum, der beinahe voll besetzt ist. Angenehm ruhig, während die Stadt jenseits der Seitenstraßen, die den Kurfürstendamm umgarnen wie hübsch zurechtgemachte Verehrerinnen, dröhnt und vibriert.

Ich schließe die Augen, höre den Hund schlecken, die Buchseiten der Frau neben mir durch ihre Finger gleiten, höre meinen Herzschlag, bilde mir ein, den Puls Berlins zu hören. Immer zu hoch oder zu niedrig, niemals genau richtig. Immer kurz vor Koma oder dem Kollaps, mit Menschen, die schlecht alleine und schlecht in Gesellschaft funktionieren. Nur hier, jetzt, in diesem zugähnlichen Café, das sich nicht bewegt und doch zu rasenden Gedanken animiert, scheint alles, für einen kurzen Augenblick, richtig zu sein.

Alle, alle

Eine Mutter und ihr Sohn, etwa fünf Jahre alt, sitzen am Nachbartisch. Er blättert durch die letzten Seiten seines Buches über die Tiere Afrikas und schließt es seufzend: «Mama, mein Buch ist leer.»

Mascha, wir warten

An diesem 20. Dezember ist der Morgen eiskalt. Ich sitze auf einer Steinbank im Mauerpark und presse wie in Kindheitstagen Atemhauchkringel aus meinem Mund. Eine Frau mit einem alten, humpelnden Beagle läuft vorbei, schaut mir beim Kringeln zu und bleibt stehen.

«Sie sehen so aus, als würden Sie auf die Sonne warten.»

Ich überlege, ob das stimmt.

«Stimmt, ich glaube, dass ich auf die Sonne warte.»

Sie blickt kurz in den Himmel.

«Stört es Sie, wenn ich mich zu Ihnen setze und auch warte?»

«Natürlich nicht!», entgegne ich und rutsche demonstrativ auf der riesigen Bank etwas nach rechts.

«Mascha, wir warten jetzt auf die Sonne!», sagt sie zu ihrem Hund, der sich zufrieden neben sie hockt.

Warme Gedanken

An einem späten Nachmittag im Winter, an einer Fußgängerampel in Berlin-Schöneberg.

«Ick freu ma jetzt auf 'ne warme Bude, Heinz.»

«Helga, ick gloob, ick hab die Heizung heute Morgen abjedreht.»

«Nich dein Ernst!»

«Keene Sorge. Ick mach dir 'ne Lumumba, und dann kuscheln wa, bis es warm wird.»

«Ja, is jut, Heinz.»

Grüne Daumen

Im Café, ich schaue instinktiv zum Nachbartisch, steht ein Mann, der seine Ledertasche auf den freien Stuhl stellt und einen kleinen Tontopf mit einer Sukkulente hervorholt. Er stellt sie auf den Tisch neben seine Tasse Kaffee, setzt sich und sieht dabei zu mir.

«Hab ich von meinem Enkel bekommen», sagt er stolz.

«Das ist eine schöne Sukkulente», betone ich und frage mich natürlich, was sie im Café zu suchen hat.

«Das ist ein Kaktus!», korrigiert er.

«Sind nicht alle Kakteen auch Sukkulenten?», frage ich.

«Ja, aber nicht alle Sukkulenten sind Kakteen», wirft er ein.

«Wo sind dann die Stacheln?», möchte ich herausfordernd wissen.

«Ab.»

«Wo sind sie hin?»

«Mein Enkel wollte nicht, dass ich mich steche.»

«Wieso hat er Ihnen dann einen Kaktus geschenkt?»

«Weil ich Kakteen so gern hab.»

Nicht kleckern, sondern schlotzen

Während ich versuche, mich auf mein Buch zu konzentrieren, zerrt die junge Frau an der Schleppleine ihres fettleibigen Terriers. «Aljoscha!», sagt sie flehend. Sie bittet ihren Hund, nicht am Arsch eines Mischlings zu schlotzen, der brav vor der Tür des Cafés auf seinen Besitzer wartet. Dabei fällt es Aljoscha unheimlich schwer, nicht zu schlotzen. Das Unpraktischste an einer Schleppleine ist, dass sie mehrere Meter lang ist. Und mehrere Meter Leine um den Unterarm einer hektischen Russin gewickelt – ich erkenne die Herkunft an ihrem Akzent –, das sieht natürlich komisch aus.

Aljoscha zieht jedenfalls an der Schleppleine, hechelt, sabbert, und sie überlegt, ob ein Hafercappuccino das Spektakel rechtfertigt. Sie sieht, dass ich sehe, dass sie mich sieht. Wir ziehen unsere Mundwinkel hoch, ich signalisiere, dass ich Aljoscha allemal gewachsen bin. Sie entwickelt sich ungeschickt aus der Leine und reicht mir das Ende (oder den Anfang). Aljoscha setzt sich skeptisch neben mich auf den Boden, während ich ihm zuflüstere, keinen Bock auf sein Hundeverhalten zu haben. Er schaut mich an, sein dicker Bauch bebt. Ich tunke zwei Finger in mein Wasserglas, reiche sie ihm, er schlotzt zufrieden an meiner Hand.

Der Stresstest

In die Schlange vor dem Café gesellt sich eine Frau. Mit fahrigen Bewegungen sucht sie ihr Portemonnaie und hält dabei mit einer Hand ihr Fahrrad, als sie den Mann vor ihr, der der Mann hinter mir ist, antippt.

«'tschuldigung, haben Sie es eilig?»

Der Mann schaut sich um, nach links und rechts, als würde er dort eine Antwort auf die Frage finden.

«Was meinen Sie mit ‹eilig›?»

Sie wird sichtlich nervös. Doch der Kaffee scheint ebenso wichtig wie der Termin, zu dem sie muss.

«Na ja, ob Sie Zeit zum Warten haben oder ob Sie schnell gehen müssen?»

«Wieso sollte ich schnell gehen müssen, wenn ich doch hier warte?»

Sie fängt an zu schwitzen.

«Würde es Ihnen etwas ausmachen, mich vorzulassen?»

Er überlegt.

«Jetzt haben Sie mich so gestresst, dass ich Eile empfinde.»

Er dreht ihr den Rücken zu und schaut auf seine Uhr.

Lokalpolitik

Der Mann, der mit überschlagenen Beinen auf dem Stuhl schräg gegenüber von mir sitzt, hat eine Stimme wie Dieter Hallervorden. Er ist alleine, spricht jedoch ununterbrochen mit seinen imaginären Freunden über Kommunalpolitik. Links sitzt einer, der ihm zustimmt, der rechte argumentiert hartnäckiger. Er, mit dem kreisrunden Haarausfall, zieht sein T-Shirt hoch bis zum Brustbein und kratzt sich mit einem Haustürschlüssel Flusen aus dem Bauchnabel. Dann wirft er mit einem Stein nach einer Krähe, die krächzend davonfliegt, und behauptet, dass die AfD ihre Wahlplakate nur so hoch hängen würde, damit er nicht drankäme. Alle verbrennen würde er sie, die Plakate oder die AfD-Männer, das bleibt unklar. Als sein Kaffee kommt, schaut er mich an und prostet mir zu.

Nachricht aus Nahost

Seit einiger Zeit, genauer gesagt, seitdem mein bisheriges Stammcafé jenseits des Mauerparks umbaut, gehe ich ins Café S. Der wahnsinnig sympathische Typ, immer in Jeans, Muskelshirt, Flipflops, vor dessen schwarz angestrichenem Lokal sich noch das Urvolk trifft. Urvolk durchmischt von arabischen, israelischen, kanadischen und italienischen Neuberliner Menschen. Wenn Entspannung einem Ort zugeschrieben werden müsste, dann wäre es nicht Bali – es wäre das Café S., dessen Laisser-faire nur montags von einem Müllwagen gestört wird. Jedenfalls stehe ich, wie jeden Morgen, an der Theke, bestelle Kaffee und Saft, als mich S. plötzlich fragt: «Sag mal, bist du eigentlich deutsch? Also deutsch deutsch?»

Ich weiß natürlich, dass in S. ein Araber schlummert, der von einem stolzen Berliner im Schwitzkasten gehalten wird. Ich werde trotzdem nervös bei der Frage, weil man, weil ich nie weiß, wo der Weg nach meiner Antwort hingehen könnte.

«Meine Mutter ist Israelin», sage ich leise.

«Ah, boker tov, schalom schalom!», entgegnet S. lächelnd.

Ich entspanne mich und warte auf den Cappuccino.

«Und ... und du?»

«Ich bin Berliner, hier geboren. Meine Eltern kommen aus Nablus!», verrät er und betont «Nablus» so, wie es nur ein Palästinenser tun würde. Irgendetwas in mir sackt zusammen, weil die Chance besteht, dass nun jeder ab jetzt getrunkene Kaffee politisch werden kann.

«Das ... äh ...», stammle ich.

«Sie sind aber weg, weil sie Kommunisten waren!», fügt er hinzu, als er meine Unsicherheit wahrnimmt.

Ich bin erleichtert, dass er nicht über einen vermissten Olivenhain sinniert. Ich habe weder die passende Antwort noch große Lust, die Geschehnisse seit 1948 aufzurollen.

«Aber, weißt du, mir ist das alles scheißegal. Ich bin Berliner, bekomme schon jenseits des Alex Heimweh. Hier ist dein Kaffee.»

Er stellt mir eine weiße Porzellantasse vor die Nase, ich setze mich raus, denke an Israel, Nablus und diesen Olivenhain von S.' Familie, den es nicht gibt, als mir S. ein Glas Orangensaft bringt.

«Hier, mit Orangen aus Palästina!», sagt er und lacht laut, während er wieder im Café verschwindet.

Wir sind verloren

Ich sitze auf einer Mauer, trinke Kaffee. Ein älterer Mann gesellt sich zu mir, zwei Mauerblöcke Sicherheitsabstand. Er liest Zeitung, schaut immer wieder in den Himmel, schließt den Mantelkragen und reibt seine Knie aneinander. Er nimmt den Sportteil, faltet ihn, schiebt ihn unter seinen Hintern. Dann dreht er sich zu mir.

«Möchten Sie auch ein paar Nachrichten für Ihren Hintern? Die Steine sind schweinekalt.»

Er hat recht, die Mauer ist kalt.

«Gerne, was geben Sie mir ab?»

«Wirtschaft oder Feuilleton? Ich empfehle Wirtschaft, ist sowieso im Arsch.»

Richtungsweisend

Der Zaun mit den mannshohen Metallstäben erstreckt sich über die gesamte Länge des Blocks. Die Abstände der Pfähle sind genauso groß, dass ein Kindergesicht mit etwas Mühe hindurchpasst. Und ein solches kommt mir entgegen, als ich auf meinem Morgenspaziergang am Kindergarten vorbeilaufe.

«Mama! Maaaaaama!», schreit der Kleine.

Seine Mutter hört ihn nicht mehr. Sie und der hechelnde Labrador sind bereits auf der anderen Straßenseite, der Verkehr erstickt seine Kinderstimme. Ich bleibe stehen.

«Deine Mama hat dich nicht mehr gehört», sage ich. «Ist alles in Ordnung?»

Der Junge wirkt erwachsener als der Rest der quakenden Menge, die mit Baggern und Schaufeln den Sandkasten umgraben.

«Ja, alles okay!», antwortet er. «Meine Mama hat nur meinen Kompass.» Seine Stimme ist hell, seine Laune etwas dunkel.

«Ach, Mensch. Brauchst du deinen Kompass heute ganz besonders?»

«Schon, ja! Und weißt du was? Eigentlich wollte ich diesen Sommer schon in die Schule. Aber meine Eltern sagen, dass ich noch im Kindergarten bleiben soll.»

«Du, deine Eltern haben recht. Für die Schule hast du noch viel Zeit. Spielen im Kindergarten ist was ganz Tolles!»

Ein Müllauto hält vor uns. Es ist laut, und es stinkt. Aber es ist orange und groß. Und das reicht ihm, um mit offenem Mund zu lächeln. In alle Himmelsrichtungen gleichzeitig.

Tauschgeschäft

«Ihr Wissen gegen meine Innenpolitik?», fragt der ältere Mann neben mir und hebt mir seine zerknitterten Zeitungsseiten entgegen, von denen einige Croissantkrümel auf den Boden rieseln.

«Ich bin noch nicht fertig mit meinem Wissen», entgegne ich.

«Das werden Sie nie sein. Glauben Sie einem alten Sack wie mir, der es selbst nie sein wird.»

Er leckt an seiner Zeigefingerspitze und sammelt Blätterteig vom Gesicht des Bundeskanzlers.

Ein menschliches Bedürfnis

In der Nähe des Berliner Mauerparks parkt ein silberner Kombi. Die Fahrerin zupft im Rückspiegel ihre Frisur zurecht, trägt Lippenstift auf, richtet den Kragen ihres Mantels und steigt aus. Schon nach kurzer Zeit überholt sie mich im Birkenwäldchen und läuft im Schnellschritt vor mir her. Sie muss einen Termin haben, denke ich mir, da aus ihrer Tasche ein Laptop ragt. Doch sie bleibt an der großen Schaukel stehen, zieht den Mantel aus, faltet ihn, legt ihn auf ihre Tasche, die sie neben dem Holzgerüst auf der feuchten Wiese abstellt. Und schaukelt.

Heilige Mutter

Auch an diesem Morgen treffe ich den Pastor und seine alte Mutter vor der Salumeria. Er fährt sie im Rollstuhl seit Beginn der Corona-Pandemie Morgen für Morgen vom einen ans andere Ende unserer langen Wohnstraße. Im Sommer bilden sich Schweißperlen auf seiner Stirn, die er mit einem Baumwolltuch abtupft, im Herbst weht die Kutte dramatisch um seine dünnen Beine, im Winter schleift der schwarze Saum im Schnee. Ein Moment des Zwiegesprächs von Lebenserfahrung zu Lebenserfahrung, auf dem Schoß eine Tasse Kaffee, er stehend, sie sitzend. Der Morgen, immer zu kurz, bevor sie den Rückweg antreten und der Rollstuhl über das Kopfsteinpflaster rattert. Doch heute, zum ersten Mal, hat er einen Hocker mitgebracht. Zum Verweilen, weil das ehrliche Gespräch zuweilen länger dauern muss als eine Beichte.

Tröpfcheninfektion

Auf dem Weg zum Supermarkt sehe und höre ich, wie sich ein Paar in einem Hauseingang streitet. Sie brüllt, er brüllt, Arme fliegen in die Höhe, es geht um «du hast», «nein, du hast» und darum, dass niemand etwas getan haben will. Als sie genug hat, schwingt sie ihre Handtasche über die Schulter und läuft, indem sie ihn zur Seite drängt, an ihm vorbei, während er ihr wütend hinterherschaut. Auf meiner Höhe bleibt sie stehen, greift in ihre Manteltasche und seufzt einen dieser Seufzer, der gehört werden möchte. Sie dreht sich um und geht zurück in seine Richtung. Er lächelt überlegen, möchte nach ihrem Arm greifen.

«Ich hab meine Maske vergessen, du Penner!», sagt sie und rennt ins Treppenhaus.

Der schönste Tag

An einer Straßenecke an der Schönhauser Allee steht ein Junge, vielleicht zwölf. Turnbeutel über der Schulter, sein verschwitzter Kopf dampft in der Kälte. Von der Imbissbude hat er sich Pommes für eins sechzig gekauft. Ketchup, Majo, Holzgabel. Als er die erste Fritte in den Mund nimmt, schließt er die Augen und kaut mit einem Lächeln auf den fettigen Lippen.

Lauf der Dinge

«Du, Anna, ausm Konsum anner Ecke machen se jetzt'n Yogastudio.»

Anna schüttelt den Kopf, schmiert dabei Brote hinter dem Tresen.

«Willste 'n Kaffee?»

«Ja.»

«'n Espresso? Oder'n Flat White?»

«Oh ja», er flattert künstlich mit den Wimpern, «aber bitte nur Haaafermilch!»

Anna stellt ihm einen Pott Kaffee vor die Nase. Sie lachen beide.

Ein mehrsprachiger Morgen

Ein älterer Herr sitzt neben mir. Vor ihm, auf einem Teller, liegt ein Ciabatta mit Salami und Rucola.

«Entschuldigen Sie», er lehnt sich in meine Richtung, «wie nennt man dieses Brot? Ich habe den Kellner nicht verstanden.»

«Ciabatta», antworte ich und spreche es langsam aus. «Tschi-a-bat-ta».

«Tschiabatta», wiederholt er. «Aus Italien?», möchte er wissen.

«Ja, Italien!», entgegne ich. «Sie essen es mit Fenchelsalami. Sehr gut!»

«Fenchel?»

«Ja, in der Salami sind Fenchelsamen drin.»

«Donnerwetter!», sagt er und nimmt einen großen Bissen.

Hundeelend

Morgens um halb neun, als noch keine Touristen die Sicht blockieren, sitze ich am Spreeufer. Hinter mir höre ich Müllzangen klappern, am Hackeschen Markt die Holzbretter der Marktbuden gegeneinanderschlagen, rechts die Stadtbahn rauschen. Heute Morgen sagte jemand im Radio, dass der Herbst nun doch eine Pause mache, der Sommer noch bliebe. Links neben mir sitzt ein alter, kleiner Mann. Und zwischen uns seine Dogge Olaf. Olaf hechelt, wir begegnen uns auf Augenhöhe, der Mann krault seinen gefleckten Kopf, streichelt über seine Schlappohren. Als ein Hausboot an uns, den großen Museen und dem Dom vorbeituckert, sagt der Mann: «Das hätte ich auch mit meinem Leben machen sollen. Auf einem Hausboot wohnen, durch Berlin und über die Havel fahren.»

Ich schaue ihn an, wobei mir Olafs Augen in die Quere kommen. Ein Sabberfaden baumelt von seiner rechten Lefze, er sieht dabei ziemlich dumm aus.

«Wieso machen Sie es nicht?»

«Olaf muss auf Booten immer kotzen.»

Zeit lassen

Ein älteres Paar sitzt am Nachbartisch. Sie trinkt Cappuccino, vor ihm steht ein Espresso, den er in einem Schluck trinkt.

«Richard, wieso immer so schnell? Du bist schon fertig, und ich habe noch nicht mal angefangen!»

Er, Richard, blickt in die leere Espressotasse, lächelt verlegen und legt seine Hand auf ihren Unterarm.

«Dann bestelle ich mir noch eine Schokolade.»

«Eine Schokolade? Seit wann trinkst du denn so was?»

«Seitdem ich meinen Espresso viel zu schnell trinke!», sagt er und gibt ihr einen Kuss aufs graue Haar.

Is doch wahr

Auf den Gleisen unmittelbar unter der Glaskuppel des Berliner Hauptbahnhofs stehen an diesem Morgen nur wenige Reisende und ihre Begleitungen. Ich warte alleine auf meinen Zug nach Köln, neben mir steht ein alter, sich regelmäßig räuspernder Kerl, neben ihm steht ein Paar. Sie trägt einen vollbepackten Reiserucksack, er steht bedröppelt neben ihr und schaut auf den Boden. Als sie in den Zug Richtung Frankfurt eingestiegen ist und der junge Typ dem im Horizont verschwindenden ICE hinterherschaut, bricht der alte Kerl die Stille: «Die kommt nich wieder, junger Mann, glauben Se mir!»

Der junge Typ und ich, wir schauen uns verblüfft an.

«Dem Fräulein neben mir, dem sollten Se mal 'nen Kaffee kaufen. Die reist mit Koffer, die kommt zurück.»

Rosige Aussichten

Ein Vater und seine Tochter sitzen an einem runden Marmortisch am Fenster. Er trinkt Kaffee und liest konzentriert einen Artikel im Kulturteil. Die Kleine füttert ihren Plüschfrosch mit einer Brioche.

«Papa?»

«Ja?»

«Darf ich in deinem Kaffee lesen?»

«Was willst du denn da lesen?»

«Oma sagt, dass das geht.»

«Oma redet Quatsch!»

«Hast du es schon mal versucht?»

«Natürlich nicht.»

«Zeig mal deine Tasse.»

Er hält ihr seine leere Kaffeetasse unter die Nase. Sie runzelt die Stirn und schaut ernst auf den Tassenboden.

«Wir gehen heute an den See!», sagt sie lächelnd.

«Das steht dort?»

«Ja!»

«Sicher?»

«Sicher!»

Er tippt einige Sätze in sein Handy, legt vier Euro auf den Tisch, nimmt sie an die Hand und geht.

«Wohin gehen wir, Papa?»

«Na, an den See natürlich.»

Was muss, das muss

Mittags an der Schönhauser Allee. Das Mädchen, deren Ranzen bis zur Oberschenkelmitte reicht, steht auf Zehenspitzen am Tresen eines Imbiss.

«Einmal Ketwurst, bitte», sagt sie und kramt in ihrer Hosentasche nach Kleingeld.

«Zweeneunzich macht dit», antwortet der dicke Koch aus der Chromstahlküche. Sie zählt konzentriert die Centstücke in ihrer Kinderhand und seufzt.

«Ich hab aber nur zweifünfzig», entgegnet sie resigniert und lässt das Geld zurück in die Tasche fallen.

«Moooment, zweefünzich reicht vollkommen, junget Fräulein. Dit reicht sogar noch für ne Limo. Watt magst'n haben?»

Sie lächelt misstrauisch.

«Aber das müsste doch mehr kosten.»

«Kinder müssen bei mir janüscht. Fanta oder Sprite, junge Dame?»

Sankt Pauli

Eine junge Frau hievt ihren Schäferhund auf ein Podest aus Spritzbeton. Um sie und das hechelnde Tier herum stehen akkurat getrimmte Buchsbäume, auf gleiche Höhe geschnittene Hecken und Fliederbäume, an jedem Parkausgang rechts und links einer.

«Sitz, Pauli!», ruft sie dem Hund entgegen, während sie das Handy abwechselnd hochkant und ins Querformat dreht. Pauli steht unbeweglich wie eine Statue auf dem Klotz.

«Pauli, bitte. Setz dich doch mal hin», fleht sie und hält ihm einen Hundekeks unter die Schnauze. Pauli denkt nicht daran, für sie zu posieren. Die Sonne scheint hoch über dem Stein, auf dem Pauli steht und nicht sitzt. Es wäre das ideale Foto an diesem idealen Morgen, an dem die Reihen zwischen den Buchsbäumen noch leer und der Flieder jungfräulich die Ein- und Ausgänge bewacht. Sie kniet sich neben den immer noch stehenden Koloss. Er überragt die zierliche Frau um zwei Kopflängen, seine Zunge hängt über ihrem Haar, als sie versucht, ihre Freundschaft mit einem Selfie festzuhalten. Ein Sonnenstrahl inszeniert die beiden auf dem brutalen Spritzbeton. Selbst der stoische Pauli bemerkt die Besonderheit des Moments und schaut geradewegs in die Linse. Als sie abdrückt, läuft ein zähflüssiger Speichelfaden aus seinem Maul auf ihre Schulter.

Am Telefon mit meiner Großmutter

«[…] gestern Abend war ich im Kino. 7 Euro für eine Karte. Früher waren es 70 Pfennig und ich hatte jemanden zum Knutschen. Heute soll ich 14 Euro zahlen und höre nur ein Drittel.»

Im Sommer bei S.

Wir, manchmal zehn, kurze Zeit später nur sieben, dann 15 Leute, weil die Eltern der Grundschulkinder wieder in ihre Wohnungen oder Büros spazieren, sitzen oder stehen vor dem Nachbarschaftscafé. «Oye Como Va» läuft auf Dauerschleife, Santana mischt sich mit Babybrabbeln, dem Bellen eines betagten Dackels und der sonoren Stimme des Caféinhabers. S., der Deutsche, der Araber, vor allem aber der Berliner. Hafermilch bietet er mit einem Seufzen an, Cappuccino, Latte, Flat White – schmeckt alles gleich. Und deswegen sind sie hier, die Leute, wir Leute. Ein Junge auf seinem Fahrrad, der in Schlangenlinien über das Kopfsteinpflaster fährt, ruft laut nach S., der hinter seiner Theke hervorlugt, den Kopf aus der Tür streckt und «Hallo du, kommst du Kaffee trinken?» brüllt. Seine Mutter lacht, bleibt stehen, bestellt einen Kinderkaffee. Heiße Milch, ohne Schuss, dafür mit Liebe von S. Er trägt Flipflops, und selbst jene, die ins Büro müssen, sind an diesem Morgen leicht bekleidet. Es ist Sommer in Berlin, mit dem Rauchen hat der eine, der neben mir sitzt und hustet, scheinbar nicht aufgehört.

«Oye cómo va», S. schwingt mit den Hüften, balanciert einen Americano dabei in der Hand.

«Aber ich wollte doch'n Milchkaffee!», bemerkt die hübsche Blonde.

«Bekommst du morgen!», antwortet S.

Wurzelbehandlung

Ich sitze auf unserem Balkon und blicke über die Dächer der Nachbarschaft. Ein ruhiger Morgen, der lediglich durch zwei fauchende Kater unterbrochen wird. Einer der beiden, ein orangefarbener Streuner mit grünem Halsband, hockt am Treppenabsatz unseres Wohnhauses und starrt auf den Spalt zwischen Tür und Pflastersteinen. Vor unserem Haus steht eine Kastanie, die zurzeit aufdringlich blüht. Fünfzehn Meter hoch, mindestens, ich rechne die Stockwerke und unsere Deckenhöhe zusammen. Sie wiegt im Wind, meditativ, wenn man sich darauf konzentriert. Ich schaue auf meine Haare, die über meine Schultern fallen, beobachte meine Stoffhose, die eng an meinen Knien liegt, blicke auf die Buchseiten, die sich, anders als die sich wiegende Kastanie, vom Wind nicht beeindrucken lassen

«Sie bietet der Luft mehr Fläche», sagt er, als ich davon erzähle. Ich muss lächeln. Weil diese Metapher unerträglich kitschig ist. Der Kater starrt auf den Spalt, ich starre auf einen Baum. Für manche ist der Wind nicht spürbar, wenn überhaupt, ein laues Lüftchen. Andere, die mehr Fläche haben, sich dem Leben haushoch aussetzen, wiegen sich mit ihm und werden von ihm gewogen. Oft liegt diese Entscheidung nicht bei uns. Alles, was uns übrig bleibt, ist zu überlegen, ob wir uns mit dem Wind wiegen oder von ihm gewogen werden. Trotz seiner Größe, der Härte seines Stamms und dem ausladenden Geäst ist dieser Baum flexibel. Er wiegt und wankt, ohne zu brechen, weil er Wurzeln geschlagen hat, die weiter und tiefer in den Boden ragen als seine Krone in den Himmel.

Hund und Herr

«Oli!», sagt der Mann in bestimmtem Ton zu seiner Französischen Bulldogge. «Du musst das jetzt loslassen!»

Oli hält ein ranziges Stück Brot in seinem Maul, das er in einem Busch gefunden hat. Behäbig beugt sich der Mann zu seiner keuchenden Begleitung herunter. Doch Oli denkt nicht daran aufzugeben. Es ist ein nettes Schauspiel, das ich von der Bank aus beobachte, während ich einen Kaffee trinke.

«Gut, mach, was du willst. Ich glaube aber nicht, dass ein anderer Hund mit dir spielen wird. Du benimmst dich wie ein Idiot.»

Oli schaut kurz hoch, als ein wuscheliger Collie auf uns zuläuft. Die Hundedame legt sich vor Oli auf den Rücken und spreizt ihre Beine. Während das schimmelige Brot auf dem Asphalt liegt, vergnügt sich Oli schmatzend im Fell der hübschen Hündin. Ich schaue den Typen an und lächle. Er seufzt.

Runde Sache

Zwei betrunkene Männer werden vom Boulefeld vertrieben. Sie wischen sich den Schweiß von der Stirn, lassen die Bälle in einen Jutesack plumpsen und schauen den Polizisten hinterher.

«Dass ick dit noch mal erlebe, tss», sagt der eine.

«Ick koof uns jetz'n Bier», erwidert der andere.

Ein Kleinkind legt sich in die Mitte des Kiesbetts. Staub wirbelt auf, seine Mutter schaut zu, trinkt Wasser aus einer Emailletasse.

«Wer macht'n jetze dit Feld wieder ordentlich?», fragt der eine den anderen.

«Dit überlegen wir uff'm Weg zum Lidl.»

Kinderarbeit

Eine Gruppe Drittklässler unterhält sich in der U8 aufgeregt über die Nike Jordans, die Hamza trägt, den Adidas Rucksack von Medhi, und darüber, dass Pablos Mutter im Supermarkt nur die teuren Tabs für die Spülmaschine kauft. Außerdem, wirft der größte der Jungs ein, würde sein Bruder nur Gucci tragen. Und die Sachen halten für immer. Darauf schwört er, auf seine Familie. Der Betreuer der Bande, ein dünner Kerl mit ungleichmäßigem Kurzhaarschnitt, setzt sich zu ihnen.

«Wissta wat? Dit is allet Chinadreck! Deene Jacke», er zuppelt am Ärmel des Jungen, der neben ihm sitzt, «deene Adidasjacke, sicher 150 Euro, wa? Allet Chinadreck. Kostet beim Machen zwei Euro fuffzich. Lasst euch von diesen Marken nicht dit Hirn bummsen. Dit machen allet Kinder in großen Fabriken, die sind so alt wie ihr. Nähen den janzen lieben Tag für Nike und Adidas und auch euern lieben Herrn Gucci. Allet Chinadreck!» Hamza muss plötzlich niesen. Er niest ans U-Bahnfenster und verwischt den Schleim mit seiner 150 Euro teuren Jacke.

Stichtag

Ein älterer Herr stößt die Eingangstür des Cafés auf und geht geradewegs auf den Tresen zu.

«Einen Cappuccino, bitte.»

«Sehr gerne», antwortet der Barista und setzt die silbrige Maschine in Bewegung.

«Halt! Stopp!», ruft der Mann, der Barista friert seine Bewegungen ein.

«Welcher Tag ist heute?»

«Montag.»

«Welches Datum?»

«Der sechste Januar.»

«Dann machen Sie mir bitte einen schwarzen Kaffee.»

«Einen Americano?»

«Ist der schwarz?»

«Ja.»

«Nehme ich.»

«Groß oder klein?»

«Was sagten Sie, der sechste ist heute?»

«Ja.»

«Dann groß.»

Tierschutz

Eine Frau mittleren Alters steigt in die U-Bahn. In ihrem Arm hält sie einen Stapel Zeitungen. Sie sei zur Zeit wieder obdachlos, vorher hatte sie 318 Euro zum Leben. Ihre Schmerzmittel reichen nicht, und sie hätte auch keine Lust, hier einen netten Spruch aufzusagen, denn das Leben sei beschissen und sie würde gerne noch fünf nette Jahre erleben, bevor sie verrecke. Ich nicke verständnisvoll und suche nach Kleingeld.

Als sie vor mir stehen bleibt, hebt die junge Frau neben mir ihre schnaufende Englische Bulldogge, die ein graues Strickoutfit trägt, schützend auf ihren Schoß. Das Tier kuschelt sich in den Fellkragen ihres Parkas, dreht sich zur Seite und schläft ein. Die *Motz*-Verkäuferin und ich beobachten das Szenario.

«Dit is jetz nich dein scheiß Ernst, Mäuschen, oder? Wollta mich hier alle vaarschen? Ick loof hier in Lumpen rum und dieset jraue Fellferkel kuschelt mit'm Polarfuchs, weil der Boden schmutzich is. Ihr könnt mich alle mal, ihr Wichser.»

Setzen, sechs

In der Tram sitzt eine Frau, zwischen deren Knien ein weiß glänzender Instrumentenkoffer steht. Als eine Mutter mit ihrem Kleinkind einsteigt, zeigt es mit seinem kurzen Zeigefinger auf dieses große Ding.

«Da! Mama!», sagt es.

«Das ist eine riiiesige Geige!», antwortet die Mutter.

«Das ist ein Kontrabass!», entgegnet die Frau, schaut dabei das Kind an und wiederholt: «Kon-tra-bass.»

Schneeweißnicht

Im Café sitzt eine junge Frau mit rotblondem Haar und Porzellanhaut. Ich schaue sie immer wieder an, schaue ihr dabei zu, wie sie in der linken Hand ein Buch und in der rechten Hand eine Gabel hält, mit der sie ungelenk und ohne dabei hinzuschauen, ein Stück Bananenbrot zerteilt. Sie ist wunderschön und wirkt dabei so, als hätte ihr dies noch niemals jemand gesagt. Ich überlege, wie sie sich fühlen würde, wenn ich zu ihr hinginge, wenn ich ihr sagte, dass sie umwerfend sei. Von Frau zu Frau, ohne Intention, ohne Hintergedanken. Als sie mich kurz ansieht, lächle ich. Sie lächelt zurück, streicht Krümel von ihrem Pullover und widmet sich wieder ihrem Buch. Als sie geht, bleibt sie an meinem Tisch stehen.

«Sie haben ein sehr schönes Lächeln!», sagt sie und verschwindet in der Menschenmenge der Großstadt.

Dranbleiben!

Das laute Mahlen der kupfernen Röstmaschine, die wie ein Kunstwerk im hinteren Bereich des Cafés ausgestellt ist, konkurriert mit dem friedlichen Morgen. Eine Frau neben mir schmeißt die Zeitung beiseite, lehnt ihren Kopf an den oberen Rand des Korbsessels und schließt die Augen. Als sie blinzelt und sieht, dass ich sie aus dem Augenwinkel beobachte, sagt sie: «Man kann sich diesem Krach auch einfach hingeben. Stellen Sie sich das Röhren wie einen tibetischen Gong vor.»

Ich lege mein Buch zur Seite, schließe die Augen und versuche, das Rascheln der Kaffeebohnen in Urwaldgeräusche zu verwandeln.

«Und?», fragt sie.

«Ich höre nur eine Röstmaschine», antworte ich.

Sie atmet zweimal schnaubend aus.

«Dranbleiben!», empfiehlt sie und dreht den Kopf zur anderen Seite.

Sachen gibt's

Ein Mann und sein zitternder Windhund, der einen senfgelben Frotteeanzug trägt, kommen ins Café. Während das Herrchen an der Theke einen Cappuccino zum Mitnehmen bestellt, erkundet der Hund das Ladenlokal. Am Nachbartisch sitzt ein älteres Paar, das, Zeitung lesend, bisher kein Wort miteinander wechselte. Als der Hund an ihnen vorbeihuscht, fragt der Mann seine Frau, ohne den Blick zu heben: «Ist da gerade ein Hund im Bademantel vorbeigelaufen?»

«Ich nehme es an.»

«Soso.»

Nicht alle Wunden

Während ich mich auf Notizen konzentriere, die ich kurz zuvor in der U-Bahn aufgeschrieben habe, betreten eine ältere Frau und ein junger Mann das Café. Er hält ihre Hand, sie hält ihre teure Lederhandtasche. Sie setzen sich, nachdem er ihr den Stuhl zurechtgerückt hat, an den Nachbartisch.

«Was möchtest du haben, Mama?», fragt er, während er zum Tresen geht.

Sie schaut sich vergebens nach einer Speisekarte auf dem Tisch um, bis er ihr zuruft, dass sie an die Wand schauen müsse.

«Ich habe meine Brille nicht dabei, Philipp.»

«Möchtest du Kaffee oder Tee, Mama?»

«Haben sie Tee im Kännchen?»

Philipp schaut schulterzuckend den italienischen Chef an, der mit dem Zeigefinger auf diverse Sorten Beuteltee deutet.

«Nein, nur Beuteltee im Glas.»

«Dann einen schwarzen Kaffee. Sicher nicht im Kännchen, oder?»

Der Italiener deutet auf die Ablage über dem Kaffeeautomaten.

«Nein, in der Tasse.»

«Dann eine Tasse Kaffee, mein Schatz.»

Philipp, ich weiß ja nun, wie er heißt, geht mit zwei Tassen Kaffee an den Tisch zurück und setzt sich. Seine Mutter ist von Kopf bis Fuß in Erdtönen gekleidet – nicht Beige, Erdtöne. Terrakotta, Saharasand, Bernsteinbraun, Cognac, beim genauen Hinsehen gehen mir die Assoziationen aus, daher höre ich ihrem Gespräch zu.

«Hast du mit Papa gesprochen?»

«Möchtest du das wirklich wissen, Mama?»

«Ja, sonst würde ich nicht fragen.»

«Habe ich.»

«Und?»

«Er arbeitet viel, gerade ist er in Singapur.»

«Der Mann ist siebzig, er kann es einfach nicht lassen.»

«Ich weiß, Mama», sagt Philipp, dessen Augenfarbe ich im Outfit seiner Mutter wiederfinde.

«Ist sie dabei?»

«Meinst du Sandra?»

«Ja.»

«Ich weiß es nicht. Und, Mama, es ist jetzt zehn Jahre her. Du musst deinen Frieden damit finden. Lass uns doch gemeinsam verreisen.»

«Wohin denn?»

«Ich weiß nicht ... nach Thailand?»

«Bitte nicht, diese Hitze ...»

«Südfrankreich?»

«Dort haben dein Vater und ich uns doch verlobt ...»

«Gut, Schottland?»

«So viel Regen ...»

Philipp, der in meinem Alter, also Mitte, Ende dreißig sein müsste, streicht über die manikürten Finger seiner Mutter. Tränen steigen in ihren Augen auf.

«Kannst du nicht einfach zu mir kommen?»

«Wohin? Nach Hause?»

«Ja.»

«Und was machen wir dort?»

«Essen, fernsehen, spazieren?»

Philipp seufzt.

«Einfach alles, was dein Vater selten mit mir gemacht hat.»

Liebe aus Lwiw

Am Nachbartisch im Café sitzen eine Frau und ein Mann, deren Gesten mich bereits aus dem Augenwinkel berühren. Sie wirken miteinander gleichzeitig unsicher und vertraut, verliebt und distanziert. Während sie von ihrem Leben erzählt, hört er gespannt zu.

«Entschuldige, dass ich dich unterbreche, aber könntest du bitte noch mal ‹Lemberg› sagen?»

Sie schaut ihn irritiert, dann leicht verlegen an und sagt leise: «Lemberg».

Und wer sie, die schöne Frau mit dem rotblonden, langen Haar, den grünen Augen und der milchigen Haut, die um die Nase etwas gerötet ist, «Lemberg» sagen hört, der möchte mit ihrem rollenden R auf Reisen gehen.

«Lemberrrg, Lemberrrrrg, Lemberrrg», murmelt er, während er mit seinem Zeigefinger über die Maserung des Tisches fährt, und dabei zu versuchen scheint, ihren Körper im Holz nachzuzeichnen.

«Niemand sagt so schön Lemberg wie du, weißt du das?»

«Dabei ist Lemberg nur der deutsche Name», antwortet sie. «Auf Ukrainisch heißt meine Heimat ‹Lwiw›.»

«Lwiw».

Er wiederholt das Wort, versucht sich an der richtigen Aussprache, nimmt einen Schluck seines Kaffees und starrt an ihr vorbei aus dem Fenster.

«Ich möchte mit dir nach Lwiw.»

Ein stiller Statist

Er hat es sich bequem gemacht. Auf einer weiß getünchten Bank an einem weiß getünchten Tisch in der Mittagssonne an einem Mittwoch im März. Schüchtern tasten sich ihre Strahlen im gleichen Maße hervor, wie er zurückhaltend ist. Um bloß niemanden zu verschrecken, um bloß niemandem das Gefühl zu geben, der Frühling sei jetzt einfach da. Rantasten, vorwärmen, ahnen, so fühlt sich das Vorhaben der Strahlen an. Er würde dies auch nicht tun, er verschwindet auch lieber in der Menge, reagiert lieber, als zu agieren. Die Bank ist frei, noch, was ihn wundert. Schließlich ist es nach zwölf. So klappt er sein Buch auf, um es mit dem linken Ellenbogen zu fixieren. Seine Hände braucht er zum Essen. Erst gleich wird er merken, dass er sie, zumindest eine der beiden, auch zum Blättern braucht. Rot gefärbtes Fett wird sich durch den eierschalenfarbenen Zellstoff ziehen wie feines Venengeäst. Es wird ihn ärgern, aber das weiß er jetzt noch nicht. Genauso ärgern wie das Paar, das, ohne zu fragen, ob sie sich setzen könnten, auf seiner Bank Platz nimmt. Er weiß natürlich, dass es nicht seine Bank ist. Zumal er auch alleine an einem Tisch für sechs Personen sitzt. Alleine saß. Denn jetzt sitzen sie zu dritt an diesem Tisch. Und drei, das weiß jeder, ist immer einer zu wenig. Oder zu viel.

Sie reden leise, jedoch laut genug, um gehört zu werden. Oder gehört werden zu wollen? Jedenfalls kann er sich nicht mehr konzentrieren, sein linker Ellenbogen liegt nun schwer auf einer Seite, schwer auf dem von rotem Fett durchzogenen Blattende der Seite 42. Zumindest, das denkt er sich mit den Gedanken, die er noch aufbringen kann, ist es eine gerade Zahl.

Sie tragen beide Blazer, was ja nichts heißen muss. Sie können Kollegen sein, aber auch Freunde. Vielleicht auch ein richtiges Paar? Vielleicht treffen sie sich zum ersten Mal? Wie unangenehm das jetzt wäre. Jedoch nicht halb so unangenehm wie die Tatsache, dass er es a) nicht weiß und b) einen stillen Statisten mimen muss. Sie, sie alle drei, sitzen einfach zu nah beieinander, als dass ihr Status keine Rolle mehr spielte. Er muss wissen, in welchem Bezug die beiden zueinander stehen. In welchem Bezug er zu beiden steht. Deswegen, weil er es wissen muss, kann er weder essen noch lesen.

Wären sie Kollegen, so dürfte er lauschen, aber nicht zu viel, wegen der professionellen Diskretion. Wären sie Freunde, müsste er damit rechnen, dass sie ihn in ihr Gespräch einbinden, sobald jemand einen Witz machte. Ausgelassen wäre es, und da sie nun zu dritt sind, dürfte er nicht einfach wegschauen und so tun, als sei er die schüchterne Märzsonne. Am schlimmsten wäre es jedoch, wenn sie ein Paar oder ein Mann und eine Frau wären, die sich gerade erst kennenlernen. Vielleicht ein Blind Date? Doch wer macht so was am Mittag? Wobei, das sagt er sich insgeheim, heute machen die Leute doch alles. Jedenfalls, es wäre ihm ungeheuerlich peinlich, dabei zuzuhören, wie einer der beiden komische, gar dumme Dinge sagen würde. Wenn sie drucksen, eigenartige Fragen stellen würden. Und er, mit seinem Fettbuch, säße daneben und müsste so tun, als sei er nicht da. Wobei, das fällt ihm auf, als die Frau nach der Hand des Mannes greift, wäre es doch das Beste, einfach nicht da zu sein.

Am Telefon mit meiner Großmutter

«Geht es dir gut, Oma?»

«Ich bin viel alleine, aber nicht einsam. Wobei ich auch schon in Räumen voller Menschen war und mich auch dort alleine gefühlt habe. Weißt du, seitdem meine Freunde alle verstorben sind, habe ich kaum noch Leute, die meine Sprache sprechen. Das Platt meiner Kindheit stirbt mit uns. Menschen um sich herum zu haben, die dich verstehen, ist wichtig, Linda. Ich vermisse das sehr.»

«Ich werde dich auch vermissen.»

«Na, ist gut jetzt, noch bin ich ja hier.»

Bauchgefühl

Ein Mann mit Kugelbauch, der in der Schlange beim Bäcker unmittelbar vor mir steht, bestellt eine Schokoladenstange und eine Laugenbrezel.

«Für hier, bitte. Und einen Milchkaffee!», ruft er der Verkäuferin zu.

«Und bitte nehmen Sie eine bauchige Brezel, nicht eine dieser dünnen.»

Die Verkäuferin greift in den Brezelkorb, holt ein braun glänzendes Exemplar heraus und hält es in die Luft. Sie schaut auf den Bauch des Mannes, dann wieder auf die Brezel und legt sie zurück in den Korb. Sie gräbt nun tiefer und zieht eine mit besonders ausladenden Schleifen hervor. Der Mann schaut herunter auf seinen Bauch, dann auf die Brezel, lächelt die Verkäuferin an und nickt.

Deutschtürken

In einem türkischen Café sitzt ein älterer Berliner im Blaumann an einem der Tische auf dem Bürgersteig, der uns vom stark befahrenen, röhrenden Kottbusser Damm trennt. Die Zigarette in seinem Mundwinkel wippt auf und ab, als ihn die Kellnerin mit dem tiefschwarzen Lidstrich nach seinen Wünschen fragt.

«Eenen schwarzen Kaffee, aber keenen Mokka, und een so'n Brot mit Knoblauchwurst.»

Sie wiederholt: «Einen schwarzen Kaffee und ein Sandwich mit Sucuk.»

«Nee, Knoblauchwurst. Diese rote, wissen Se?»

«Ja, das nennen wir auf Türkisch Sucuk!»

«Sudschuck? Ja, jut. Dann eenmal Sudschuck, junge Frau.»

Als sie geht, um die Bestellung aufzugeben, gesellt sich ein Kumpel zum alten Berliner, der ebenfalls ein alter Berliner ist. Hungrig schaut er sich um, blickt auf die Nachbartische und ruft die Kellnerin.

«Eenen schwarzen Kaffee, aber keenen Mokka, und een so'n Brot mit Knoblauchwurst, bitte.»

«Dit heeßt Sudschuk, Werner. Sud-schuck!»

Lieblingsabend

Ein Sommerabend in Berlin. Die Fenster und Balkontüren der meisten Wohnungen stehen weit offen. Es wirkt, während ich rauchend auf der Fensterbank sitze, wie das Freilichttheater der Bregenzer Festspiele. Doch hier, in einem Berliner Hinterhof, brauchen wir keinen See, keine theatralische Kulisse und keinen Applaus. Wir sind uns selbst Publikum, Drehbuch und Requisiten genug. Durch das Küchenfenster der Wohnung des älteren Paares im zweiten Stock schallt Marias Callas rollendes R, während sie *La Traviata* um ihr Leben singt. Eine kratzende Aufnahme, die dem äußerlich so ruhigen Szenario unseres Mikrokosmos etwas Drama verleiht. Im zweiten Stock redet ein junges Paar mit Engelszungen auf seine Söhne ein, die seit zwanzig Minuten weder baden noch essen oder schlafen möchten. Die Asche meiner Zigarette sammelt sich dank der Windstille auf dem Fenstersims, ich zerreibe sie zwischen Daumen und Zeigefinger und lasse den Duft gebratener Knoblauchgarnelen in meine Nase strömen, der aus dem dritten in meinen obersten Stock weht.

Die Callas setzt zum Finale an. In der Ferne höre ich einen Krankenwagen. So hat jeder, da macht ein Sommerabend keine Ausnahme, seinen eigenen Kampf zu kämpfen. Die Dame mit der rot gefärbten Dauerwelle aus dem Parterre lehnt sich aus dem Wohnzimmerfenster und zieht hektisch an ihrer Minizigarre. Ihre Stimme ist, nach vierzig Jahren Sucht, so braungefärbt wie die Tabakblätter, die sie brennend an ihre alten Lungen verfüttert. «Ruhe jetzt!», schreit jemand im Bariton in den Hof. Ein Sommer der offenen Fenster gehört den Neugierigen, den Exhibitionisten, den Köchen, den Kindern, den Opern und vor allem, ganz besonders, den sich am Leben anderer Berauschenden.

Fassungslosigkeit

Der Mann im Café legt die Tageszeitung beiseite, stellt seinen Kaffee daneben und fragt in die Runde, ob jemand Feuer hätte. Alle bleiben stumm, zucken mit den Schultern und schütteln die Köpfe.

Er bäumt sich beim Rausgehen vor dem Ausgang auf: «Ey Leute, wir sind in Kreuzberg. Kreu-heuz-berg, was'n los hier in dem scheiß Kindergarten? Alle Nichtraucher, oder was? Aber 'ne Eigentumswohnung am Kottbusser Damm kaufen und schön Abgase einatmen, ihr Lutschpuppen.»

Er geht.

Eine kurze Freundschaft

Obwohl sie schon seit zwei Jahren in unserer Nachbarschaft wohnt und eine Tochter hat, die etwas älter als unsere ist, haben wir uns immer nur nett zugelächelt und, manchmal, unbedeutenden Smalltalk geführt. Heute trafen wir uns zum ersten Mal auf dem Spielplatz, wo unsere Kinder, anstatt zu spielen, Dinkel-Seepferdchen aus einer Dose aßen. Wir waren uns sofort sehr vertraut, sprachen über Deutschland, über ihr Leben als Tänzerin und alleinerziehende Mutter und, natürlich, über den 7. Oktober. Um den Hals trug sie eine Kette: «Bring Them Home» stand auf dem metallenen Plättchen. Bringt sie nach Hause, die Geiseln. Trotz der schweren Themen, die an diesem Sommertag im April deplatziert wirkten, während uns Kinderlachen umgab, lächelte sie viel.

«Im Sommer gehen wir zurück nach Israel», sagte sie plötzlich, als ich mich gerade an ihre Gegenwart gewöhnt hatte.

«Ach, echt? Gerade jetzt?», antwortete ich erstaunt.

«Ja, es wird Zeit. Ich bin seit zwanzig Jahren in Berlin. Ich möchte nach Hause.»

«Das verstehe ich», sagte ich. Und auch, wenn ich sie nicht wirklich verstand, verstand ich das Bedürfnis, trotz der Bedrohung, der Angst, der Ungewissheit, nach Hause zu wollen. Meine Urgroßeltern sind Mitte der 50er-Jahre, nach vielen Jahren im bolivianischen Exil, zurück nach Deutschland gegangen. Weil sie, ganz einfach, nach Hause wollten.

«Wirst du wieder tanzen?», fragte ich.

«Ich habe keine Ahnung ...»

«Hast du einen Plan B?»

«Nein, alles ist Plan A. Alles, was wir Israelis tun, ist Plan A.

Selbst Israel ist Plan A. Es gab und gibt keine Alternative. Auch deshalb möchte ich zurück. Damit ich meinen Teil dazu beitragen kann, dass wir diese Regierung loswerden.»

Ihre Entschlossenheit beeindruckte mich. Während wir vier, wir beide und die Kleinen, mit nackten Füßen im Sand saßen, erinnerte ich mich an meine Zeit in Israel. 2008 zog ich nach Tel Aviv. Mein Plan B, da Plan A, Deutschland, sich damals falsch anfühlte. Ich wollte Israel eine Chance geben, Heimat zu werden, und scheiterte an genau dieser Lebenshaltung: Ich war daran gewöhnt, zu planen und Sicherheit zu haben. All das bekommst du in Israel nicht. Alles, selbst das Warten auf den Elektriker, fühlte sich wie Russisch Roulette an, in dem die einzige Option das Überleben ist. Als starker Wind aufzog und wir gingen, blieben wir kurz am Zaun stehen.

«Was macht ihr am Wochenende?», fragte ich.

«Wir haben noch keine Pläne», entgegnete sie und lief winkend davon.

Muttergefühle

Neben mir, auf einer Holzbank, sitzt eine wunderschöne junge Mutter, die ihr Baby auf ihren nackten Schenkeln wiegt. Sie wiegt es langsam von links nach rechts und streichelt den hellblonden Flaum des Mädchens mit ihren langen Fingern, die so lang sind, dass sie sechs, nicht drei Glieder haben sollten. Ihr braunes Haar ist geflochten und dicht, der dicke Zopf liegt wie ein Nest im Nacken. Das Baby gluckst vor sich hin und lässt ab und zu etwas Milch aus seinen Mundwinkeln laufen. Alles an der jungen Frau ist grazil, elegant und wirkt, trotz oder wegen der simplen Shorts und des einfarbigen Trägertops, elegant und mühelos. Neben ihr fühle ich mich etwas plump und habe Mühe, die Kugel des hawaiianischen Vanilleeises ohne zu kleckern aufzulecken. Als dann doch ein hellgelber Tropfen über mein Kinn und in mein Dekolleté fließt, schaut sie mich an, lächelt und reicht mir ein Feuchttuch aus der Box für Windelpflege. Wir sind nun beide sauber. Das Baby und ich.

Es kann nur einen geben

Ein Junge spielt auf einer Backsteinmauer mit einem Segelflugzeug. Als ich vorbeilaufe, fällt es aus seiner Hand vor meine Füße.

«Du, kannst du mir mein Flugzeug geben?», fragt er und pustet sich eine Strähne des aschblonden Topfschnitts aus dem Gesicht.

«Klar. Hast du das gebastelt?»

«Ja, mit meinem Bruder.»

«Bist du alleine da hochgeklettert?»

«Klar, mach ich immer, ich wohne da oben!», sagt er und deutet mit dem Zeigefinger auf ein Haus mit geschmiedeten Balkonen.

«Und wie kommst du wieder runter? Springst du?»

«Klar, so wie immer halt.»

«Fast so wie Superman!», antworte ich und reiche ihm sein Flugzeug.

«Superman springt doch nicht! Spiderman vielleicht, aber doch nicht Superman.»

«Stimmt, dann bist du eher wie Spiderman.»

«Nee, darf ich nicht. Der ist schon mein Bruder.»

Anfängerglück

Zwei Kinder spielen in der U-Bahn die arabische Version von Schere, Stein, Papier. Sie haben großen Spaß, ihr Lachen erhellt den gesamten Waggon. «Hajar, Waraqa, Miqass», sagen sie wieder und immer wieder. Neben ihnen sitzt ein Mädchen. Rote Locken, Spangen im Haar, einen Froschrucksack auf dem Schoß. Sie linst nach rechts, um an dem Spiel der beiden am Rande teilnehmen zu können, und lacht, als einer der beiden aufschreit, nachdem er nun zum dritten Mal seinen Bruder mit «Papier schlägt Stein» übertrumpft. Als die beiden ihre neugierige Banknachbarin sehen, drehen sie sich in ihre Richtung und animieren sie, mitzumachen. Hajar, Waraqa, Miqass wiederholen sie langsam und mehrmals. Das Mädchen spricht ihnen nach – Hajar, Waraqa, Miqass – und schlägt die beiden gleich beim ersten Mal.

Arabischer Pop

Wir, zwei Jungs, zwei alte Frauen mit Gehwagen und weißem Haar, und ich, sitzen auf nebeneinander stehenden Parkbänken in der Sonne. Selbst die Trauerweiden, deren Äste wenige Zentimeter über dem Kanal baumeln, sehen heute, am ersten Tag des kalendarischen Sommeranfangs, etwas optimistischer aus. Die Jungs neben mir hören arabischen Pop, der laut aus ihrem Handy schallt. Wir hören demnach alle arabischen Pop, auch die beiden Alten, an deren Unterschenkel man den roten Abdruck der Thrombosestrümpfe sieht.

Als wir fünf aufs Wasser starren, bleibt eine Dogge vor unseren Bänken stehen. Dicke Speichelfäden hängen von ihren Lefzen, während sie die Kinder anschaut und mit dem Schwanz wedelt. Panik steigt in ihren Gesichtern auf, denn der Hund blickt geradewegs in ihre Augen. Sie flüstern sich Dinge ins Ohr und trauen sich nicht aufzustehen, da das Tier den halben Gehweg versperrt.

«Dit is Uwe, der macht nüscht!», sagt das Herrchen und stellt sich neben die Dogge. Die Jungs schauen ihn fragend an.

«Uwe is dit, der is janz freundlich.»

Ich übersetze gestikulierend und lasse sie wissen, dass man keine Angst vor dem Hund mit den golfballgroßen Augen haben müsse.

«Uwä», sagt einer der beiden.

«Janz jenau, Uwe. Der wohnt hier mit mir.»

«Uwä, Uwä», wiederholen sie und tätscheln vorsichtig den Hundekopf. Arabischer Pop läuft weiter.

Winterschlaf

Auf dem schneebedeckten Kurfürstendamm fällt die alte Dame vor mir rücklings auf ihren Hintern. Als ich ihr helfen will, sagt sie: «Junge Frau, lassen Sie mich einfach bis April hier liegen!»

Momente mit Hunden

Der alte Hund Luna schleppt sich über den Asphalt. Er zieht ein Bein hinterher, die Zunge hängt fast bis auf den Asphalt. Er jault, als seine Besitzerin noch einmal kräftig an der Leine zieht, um ihn nach Hause zu bewegen. Doch er kann nicht, legt sich hin, neben das Beet, in das er auf dem Hinweg noch geschissen hat. Nun sitzen sie da, alter Hund und alte Frau, auf dem Boden, und schnaufen. Es ist ein erbärmliches Bild, das in mir lebhaftes Mitgefühl auslöst. Ich, die Hundeliebhaberin, möchte das Tier mit einem Bolzenschuss erlösen. So wie sie es früher auf dem Land mit ihren Hunden getan haben. Wenn das Leid den Nutzen überwog und auch die Liebe das Ende nicht mehr aufhalten konnte, wurde kurzer Prozess gemacht: ein Schuss, vorbei.

Wir erschießen keine Hunde in der Stadt. Zumindest ist mir das, unter all den Grausamkeiten, die eine Metropole zu bieten hat, nicht zu Ohren gekommen. Denn die Zuneigung zum Hund überwiegt oft den Respekt vor unseren Mitmenschen. Ich kann es ihnen, uns, den bekennenden Hundeliebenden, oft nicht verübeln. Ich würde fast jeden Menschen für das Streicheln einer dieser blöden, treuen Seelen links liegen lassen. Und habe es bereits getan. Denn mein goldener Schnitt der Stadt ist: oben die Dächer, in der Mitte die Menschen, unten die Hunde. Daher scheue ich in diesem Buch auch nicht vor Beschreibungen wie «schlotzen» und «sabbern» zurück – ich erwarte damit in gewisser Weise von euch Lesenden, dass ihr meine Distanzlosigkeit zum besten Freund des Menschen aushaltet.

Was den Genuss am Schreiben über Hunde angeht, unterscheide ich ganz klar zwischen Beobachten und Zuhören. Ein alter Mann und ein alter Hund, toll. Kind und Welpe, nicht auszuhalten. Alte Frau und alter Hund, gebt mir ein Taschentuch. Exzentriker mit strubbeligem Schnauzer – mehr davon. Über die Jahre bin ich unzähligen dieser urbanen Freundschaften begegnet. Der Hund als treue Stütze in der hoffnungslosen Anonymität, Familienersatz auf Zeit. Eingekuschelt in den Schlafsack eines Wohnungslosen, am Knie einer weinenden Studentin lehnend, im Park tobend, während junge Mütter mit Muttermilchflecken auf den schief geknöpften Blusen die Kinderwagen vor- und zurückschieben. Mensch im Gespräch mit Hund, Hund im Austausch mit seinem Menschen. Intime Momente, die, anders als zwischen Mensch und Mensch, sorglos mit der Umwelt geteilt werden. Hundebesitzern ist kaum etwas peinlich. Weder das Aufsammeln von Scheiße mit einer durchsichtigen Plastiktüte noch der Zungenkuss mit dem Zwergspitz an einem Bartresen. Anders verhält es sich mit den Gesprächen unter Hundebesitzern, auf deren sich wiederholenden Nonsens mich mein Mann erst richtig aufmerksam machte:

«Jagdhund?»

«Nein, Viszla.»

«Ach, ja, Ungarn. Richtig?»

«Ja, aus Ungarn.»

«Zuchthund?»

«Um Gottes willen, nein. Tierschutz.»

«Natürlich, Tierschutz. Tolles Tier jedenfalls.»

«Danke.» (Schreit nach Roland, der mal wieder im Gebüsch verschwunden ist, das berüchtigt für die mit Heroin zersetzten menschlichen Exkremente ist.)

Seitdem man uns Deutschen mit dem Marshall-Plan unbefangene Unterhaltungen über Rasse genommen hat, ist der Hund das einzig verbliebene Metier, auf dessen Rasseversessenheit man sich als «politisch korrekt» einigen kann. Der Mops den Genießern, der

Schnauzer den Zeitungslesern, der Labrador den Familienvätern, der Mischling den Tagträumern. Momente mit Hunden sind, in welcher Form auch immer, gute und in all ihrer animalischen Ausprägung, zutiefst menschliche Momente.

Der Hang zum Hund ist bei mir übrigens familiär bedingt: Mein Urgroßvater züchtete als Forstmeister eines brandenburgischen Adligen ausgezeichnete Deutsch-Drahthaar-Jagdhunde, in die er so vernarrt war, dass er einem jüdischen Freund, der nach Hitlers Machtergreifung in die Niederlande floh, einen Welpen ins Exil nachschickte. Diese jüdisch-hugenottische Hundefreundschaft – der Freund preußischer Jude, mein Urgroßvater preußischer Hugenotte – führte dazu, dass Karl Sabiers zum einfachen Förster degradiert wurde. Er teilte bis zu seinem Lebensende zufrieden sein Bett mit einem Hund.

Beste Freunde

Vor der Salumeria sitzt ein Mann im Lammfellmantel auf einem Holzhocker. Er liest Zeitung, balanciert einen Cappuccino auf seinem Knie, neben ihm liegt ein alter Hund. Der Mann schaut streng, während er liest, würdigt vorbeilaufende Passanten keines Blickes, auch nicht den kleinen Jungen auf seinem roten Fahrrad. Ich sitze im Lokal, am Fenster, an einem Tresen, und schaue auf beide herunter. Ich trinke einen Kakao und sehe, dass er, der im Lammfellmantel, nach etwa jedem zweiten Schluck seinen rechten Zeigefinger in die Tasse tunkt, Milchschaum sammelt und seinem alten Hund ans Maul hält. Dieser schleckt den Schaum vom Finger seines Herrchens, und beide, so scheint es, interessieren sich für sonst nichts, außer der Zeitung, den Kaffee und den Schaum.

Alles und nichts

Vor mir, auf der gegenüberliegenden Bank, sitzt ein Mann, der ein Trauergesteck auf seinem Schoß balanciert. Rote Rosen, orangefarbene Nelken, Schleierkraut und langblättriges Grün, das sich um das pyramidenförmige Arrangement legt wie eine Umarmung. Auf den seidenen Schärpen steht in goldener Schrift:

«In ewiger Erinnerung an Manfred.

Du warst mein Ein und Alles.

Deine Elisabeth»

Der Kerl telefoniert in einer Sprache, die ich nicht verstehe, hat das Handy zwischen Kinn und Schulter geklemmt und kratzt sich Dreck mit einem langen Fingernagel aus dem Ärmel seiner Jacke. Das vorherrschende Gefühl an diesem Montagmorgen in der U-Bahn ist Müdigkeit. Doch irgendwo in Berlin, denke ich mir, wartet eine trauernde Elisabeth auf letzte Blumen für einen Manfred, der alles für sie war.

Und für uns nichts.

Drachenfutter

Auf einem Einzelsitz am vorderen Ende der Tram sitzt, breitbeinig und mit beiden Händen auf seinen Stock aufgestützt, ein alter Mann. Am Zionskirchplatz steigen eine Mutter und ihr Sohn ein, der eine Drachenmütze und einen Drachenrucksack trägt. Als es wackelt und wir alle durchgerüttelt werden, fragt die Mutter den alten Mann, ob sich das Drachenkind an den Rand des Einzelsitzes setzen dürfe. Der Mann nickt wortlos.

«Hallo, Opa!», grüßt der Junge freundlich.

Die Mutter entschuldigt sich für das übergriffige Hallo ihres Sohnes.

«Hast du keinen Opa, Junge?»

«Doch, aber der ist noch viel älter als du! Hast du Enkel?»

«Ja, aber der ist auch viel älter als du und hat mich schon sehr lange nicht mehr Opa genannt.»

Der Junge ist still und überlegt.

«Magst du Drachen, Opa?»

«Sehr sogar!»

Lieschen hebt das Bein

Dort, wo die grauen Bodenplatten zu Pflastersteinen werden, bleiben sie stehen. Ein altes Paar, dessen Beine diese Straße schon gekannt haben müssen, als Beton noch eine Modeerscheinung war. Sie bremst ihn und blickt über ihren Schal und den Nerz geradewegs auf ihre Lackschuhe herunter.

«Da ist ein Fleck!», bemerkt sie, ohne ihren linken Arm aus der rechten Armbeuge ihres Mannes zu nehmen.

«Zeig mal, Elisabeth!», und Elisabeth hebt das rechte Bein ein wenig.

Er zieht ein Taschentuch aus seiner Manteltasche, befeuchtet es und bückt sich langsam.

«Lieschen, noch etwas höher, bitte!», sagt er, als seine Knie sich nicht weiter durchdrücken lassen wollen. Und Lieschen versucht, ihren geschwollenen Knöchel noch ein bisschen mehr in den Himmel zu strecken.

«Heiner, weiter geht's nicht!», antwortet sie und lässt sich vom keuchenden Ehemann den Lackschuh säubern.

Bittersüße Ambivalenz

Im Café sitzt ein kleines Einhorn und trinkt Kakao, während vor dem Café, ganz nah an der großen Schaufensterfront, ein älterer Mann auf dem Boden nach Zigarettenstummeln sucht. Das Einhorn schlabbert, Kakao rinnt über sein Kinn, der rosafarbene Reif mit dem Glitzerhorn wackelt auf seinem Kopf. Der Mann zieht an jeder brauchbaren Kippe, das fettige Haar fällt ihm beim Bücken ins Gesicht. Für einen kurzen Moment, als das Einhorn von seiner Tasse hochschaut und der Mann vom Bücken in den aufrechten Gang wechselt, kreuzen sich ihre Blicke. Glitzerhorn trifft auf Krücke, Kakao auf Kippe.

«Noch mehr Zucker!», fordert das Einhorn. Und Zucker fällt in seine Tasse.

Martin Welser

«Ick hab keene eijenen Kinder, aber Neffen ha'ick. Die wohnen bei mir im Haus, jleich um de Ecke. Und denen bring ick bei, wie man angelt und 'n Wurm an' Haken spießt», sagt der eine zum anderen auf dem Bahnsteig.

«Dit is doch aber der Prenzlauer Berg, Martin!», antwortet der andere und hebt das Kinn in Richtung Schild, auf dem groß «Schönhauser Allee» steht.

«Nich hier, du Nuss. Aber in Tegel. Da jibts riesige Welse.»

Nummer 23

In einer parallel zur Spree verlaufenden Straße ereignet sich Folgendes: Jenseits des Kottbusser Damms, wo man den Verkehr, die Drogen und den Alkohol nur erahnen kann, laufen zwei junge Männer vor mir her. Ihre Rücken sind breit, die Beine schmal, die Haare kurz. Und zwischen ihnen, in ihre Armbeugen eingehakt, schlurft eine Frau. Sie hängt einfach dort und lässt sich von den Männern durch die 13 Euro pro Quadratmeter teure Straße schleifen. Als mit einem Ruck zwei Rollläden in einer Belle-Etage-Wohnung aufgehen, erschrickt sie, erschrecken wir, die Kerle und ich. Der linke so sehr, dass er die Frau beinahe fallen lässt.

«Alter, pass auf, konzentrier dich mal!», mault ihn sein Freund an.

«Digga, 23 hat sie gesagt. Das ist noch ein ganzer Block, und die macht sich schwer wie ein Pferd.»

Den Gesprächsfetzen entnehme ich, dass es sich um eine stark betrunkene Frau handelt, die von den Jungs auf ihrem Weg zur Arbeit aufgelesen wurde.

«Hallo, hallo, Sie! 23, ja?!»

«23, sagte ich doch!», lallt sie zurück.

«Digga, ich schwöre, wenn die Olle Scheiße erzählt, lass ich sie hier liegen.»

«Walla, gar nichts machst du. Trag weiter!»

Kreuzberger laufen links und rechts an ihnen vorbei, als handle es sich um zwei Handwerker, die schweres Gerät in einen Hausflur zerren müssen. Vor der Nummer 23 bleiben sie, bleiben wir stehen, und die stumme Zuhörerin, ich, fragt: «Braucht ihr Hilfe?»

«Hilfe? Wir? Nee, aber die Olle braucht Aspirin und drei Tage Schlaf.»

Aus ihrem Einkaufsbeutel, der im Schleifmanöver kaputtging, rollen drei Kartoffeln. Und wenn man nicht danebenstehen würde, inmitten eines erwachenden Kiezes, würde man das alles für Blödsinn halten: eine Frau, zwei Männer, drei Kartoffeln.

Winterzauber

Im Park stehen der alte Mann und sein Hund auf der Wiese.

«Schau mal, Mäxchen, es schneit!», sagt er und legt seinen Kopf in den Nacken. Und Mäxchen, dessen Hals sehr kurz ist, legt den Kopf in den Nacken und schaut in den Himmel.

Meine Familie spinnt

In der Stube ist es warm. So warm, als würde der smaragdgrüne Kachelofen mit den schmiedeeisernen Türen noch brennen. Doch er brennt schon lange nicht mehr, erzählt meine Großmutter, die ihren Kunstpelz immer noch nicht ausgezogen hat. Die Beine frieren, sie sind kalt. Aber nie so kalt wie die Winter von einst. Die Gespräche in der Stube sind immer Gespräche von einst. Sechs Generationen vor mir als Teil der großen Mühle erbaut, deren Mühlrad heute stillsteht. Dort, sagt meine Großtante und zeigt in die Ecke, dort standen die Spinnräder, zuletzt vor dem Krieg. Die Frauen des Dorfs haben sich in der Stube meiner Ururgroßmutter getroffen, zum Spinnen. Im Ofen wurden Apfelwein und Fleischwurst warm gehalten, große Portionen gab es an Weihnachten. Sonst gab es Kartoffeln und Zwiebelsoße, selten Fleisch. Als die Flüchtlinge kamen und, gemeinsam mit den Müllern und Mägden, am Esstisch Platz nahmen und 35 Mäuler gefüttert werden wollten, gab es noch seltener Fleisch. Aber satt wurden alle.

Ich sitze auf dem Sofa der dreiteiligen Garnitur, forme meine Augen zu Schlitzen und suche die Spinnräder. Denke mir die elegante Konsole aus Kirschbaum weg und die alten Frauen rein. In diese Stube, wo links mal eine Tür war, rechts neben mir der Ofen und dort, wo ich gerade sitze, das schmale Bett der Ururgroßmutter. Höre den beiden Frauen zu, die sich auf Platt über damals unterhalten, und stelle mir vor, dass sie schon damals über damals sprachen. Nicht mit heißem Kakao, aber mit weicher Wolle in der Hand.

100 Meter Bahnsteig

Auf dem Bahnsteig, gleich unterm Schmelztiegel eines berüchtigten Berliner Kiezes, küssen sich zwei Frauen. Sie halten sich an den Händen, Wollstulpen über ihren Handgelenken, und fühlen sich von nichts, auch nicht von der Urinfahne aus der Ecke, in ihrer Intimität gestört. Eine Mutter läuft mit ihrem Kleinkind an der Hand vom nördlichen ans südliche Ende dieses Betonlaufstegs, wobei sie die beiden frei herumlaufenden, wild spielenden Hunde der Punks ignorieren. Ein altes Ehepaar steht abseits des Pulks aus wartenden Studenten mit nackten Knöcheln. Sie blicken auf die überlebensgroße Fotografie eines Berlins, an das sie sich zu erinnern scheinen. Jugendliche schreien, Berufspendler lesen Nachrichten auf ihren Smartphones und ein Junkie, mehr schlafend als wach, sucht im Neonlicht auf einer Bank nach einer verfügbaren Vene. Jungs stehen im Halbkreis um drei Spuckepfützen, sie schnalzen mit ihren Kaugummis, deren Blasenknall sich durch den Hall des U-Bahn-Tunnels aufbläht wie ihre Egos. Es ist, als würde niemand gesehen und alle gehört werden wollen: die Prolls, die Penner, die Pendler, die Pennäler und die Prostituierten.

Kinderaugen

Neben mir in der U-Bahn sitzt ein kleines Mädchen auf dem Schoß ihres Vaters. Am Alexanderplatz steigt ein junger Mann ein. Er trägt einen Rucksack, eine Funktionsjacke und hält in der Hand einen Blindenstock, an dessen Ende sich eine golfballgroße Gummikugel befindet. Der Mann lässt den Stock über den Waggonboden fahren, tastet sich mit seiner freien Hand durch den Gang und setzt sich uns gegenüber. Sie schaut an ihm herunter, sieht den Stock, schaut wieder hoch, geradewegs in sein Gesicht, und fixiert seine trüben Augen. Als sie zu verstehen scheint, dass er blind ist, legt sie beide Hände über ihre Augen und blickt mit theatralischen Bewegungen von links nach rechts.

«Du kannst einen kleinen Schlitz lassen!», sagt der Blinde. «Ein ganz kleines bisschen sehe ich noch.»

«So?», fragt die Kleine und öffnet einen Spalt zwischen Ring- und Mittelfinger. Der Mann klemmt den Stock zwischen seine Beine, imitiert ihre Haltung und blinzelt durch seine Finger.

«Ja, genau so!»

Frauenliebe

Zwei Freundinnen, etwa Ende dreißig, begrüßen sich neben mir im Café. Die eine, klein, maximal eins fünfundfünfzig, zartes Gesicht, winzige Füße in braunen Ledersandalen, lässt sich von ihrer wesentlich größeren Freundin, die in den Laden stürmt, als sie von Weitem ihre Verabredung erblickt, fest in den Arm nehmen:

«Hallo, du schöne Frau!»

«Selber schöne Frau!»

Sie berühren gegenseitig ihre Gesichter und schauen sich mit all den Gefühlen, die wahre Freundinnen füreinander empfinden, strahlend an. Die neuen Frisuren, ich stelle mir vor, dass sie aus einer leichtfüßigen Sommerlaune entstanden sind, werden inspiziert.

«Wunderschön, endlich sieht man deine tollen Locken!», kommentiert die Größere begeistert das kurze Haar ihrer Freundin, dessen Tiefschwarz von einzelnen grauen Strähnen durchzogen ist.

«Und deins! Viel heller geworden. Vom Meer, oder?»

«Mensch, nächstes Jahr kommst du mit. Es war herrlich, aber du hast gefehlt!»

Allerlei verbale und körperliche Zärtlichkeiten gehen den ersten Schlucken ihrer Kaffees voraus. Ungewöhnlich für einen beliebigen Mittwoch im September. Der, jetzt aber wirklich, der letzte Tag des Sommers ist.

Am Telefon mit meiner Großmutter

«Also, Linda, du nimmst etwas Milch, Mehl und drei großzügige Stücke gute Butter.»

«Okay, merke ich mir. Aber was ist ‹gute Butter›?»

«Wie?»

«Na, was genau ist ‹gute Butter›?»

«Hast du schon mal schlechte Butter gegessen?»

«Hmm, ich denke nicht.»

«Dann weißt du natürlich nicht, was gute Butter ist.»

Alles kann, nichts muss

Zum ersten Mal seit Monaten sind die bodentiefen Fenster des Cafés geschlossen. Die sichtbare Barriere zwischen dem kleinen Platz an der Böckhstraße, auf dem nachts allerlei Menschen sitzen, schlafen und saufen, tut gut. Im Radio läuft «Video Killed the Radio Star» und neben mir sitzt ein junger, ganz leicht nach Schweiß riechender Typ, der filigrane Zeichnungen in sein schwarzes Notizbuch zeichnet. Auf der anderen Seite, nah an der Fensterfront, haben junge Eltern mit ihrem Schulkind Platz genommen. Es ist der erste Schultag nach den Sommerferien, es gibt Croissants, Saft und Kakao. «Mama, das ist das beste Schokocroissant, das ich je gegessen habe!», sagt der Kleine, der seinen neuen Schulranzen auch während des Frühstücks auf dem Rücken trägt. Der Himmel ist grau, Kreuzberg ist wach. Und mehr passiert hier nicht.

Doppelherz

Am Maybachufer läuft eine sehr alte Frau am Stock sehr langsam neben mir her.

«Junge Frau, wissen Sie, ob der Lottoladen in der Bürknerstraße heute geöffnet ist?»

«Ja, ich bin eben dran vorbeigelaufen.»

«Spielen Sie Lotto?»

«Sehr selten. Ich habe aber noch nichts gewonnen.»

«Darum geht es mir schon lange nicht mehr. Doch dieser Nervenkitzel ist besser als jede Herztablette, die ich je genommen habe.»

Sie hakt sich bei mir unter. Wir schleichen zum Lottoladen. Der Apotheke ihres Vertrauens.

Ménage a quoi?

Neben mir, sehr nah an meinem Tisch, sitzt eine Dreierkonstellation aus Tom, dem jungen Liebhaber von Kathi, Kathi und Emmi. Wie ungewollt dieses Trio an diesem viel zu kalten Junimorgen entstanden ist, entnehme ich Emmis Gesichtsausdruck. Emmi ist sechs, vielleicht auch schon acht, aber noch keine zehn Jahre alt. Sie trägt pinkfarbene Baumwollstrumpfhosen, einen Jeansrock, einen lilafarbenen Strickpullover und das Haar zu einem Ballettknoten gebunden. Emmi blättert in der *Süddeutschen* und schaut sich eine Illustration auf Seite drei an. Und während Emmi dies mit irritiert ernster Miene für ein Mädchen macht, in deren Zahnfront eine einzelne Lücke klafft, vergnügt sich Tom, der junge Liebhaber von Kathi, mit ihrem Oberschenkel. Er bohrt in der Laufmasche ihrer Seidenstrümpfe und scheint ein Mandala auf diesen kleinen Flecken sichtbarer Haut zeichnen zu wollen. Kathi kichert, fährt dabei über Emmis Kindernacken, die sich vor der Liebkosung ihrer Mutter ekelt, da sie sich wie eine Verlängerung von Toms Fingern anfühlen muss.

Alles an diesem Nachbartisch wirkt falsch, aufgezwungen und dennoch nah. So nah, dass man Emmi an der Hand nehmen und zur Schule bringen möchte. Das soll nämlich, auf Kathis mütterliche Aufforderung, Tom übernehmen. Tom, dessen Finger mit den Silberringen überall zu sehen sind, außer am weißen Porzellan seiner Kaffeetasse mit dem bereits lange nicht mehr dampfenden Cortado. Emmi rückt näher in meine Richtung, als Tom sich mit seinem Oberkörper über Kathi beugt, um die Tochter seiner Freundin zu necken. Wir schauen uns kurz an, sie sucht hilflos nach einem Fluchtpunkt im Raum.

Lebensmüde

«Der Radetzkymarsch, natürlich!», grummelt der ältere Herr in ein Glas Orangensaft, das er und seine Frau sich teilen. Sie sitzen an einem kleinen Bistrotisch in einer Ku'dammseitenstraße, sie liest Tageszeitung.

«Philip Roth, Heinz, der amerikanische Autor. Nicht Joseph Roth, der ist schon 80 Jahre tot.»

«Ich bin auch schon 80 Jahre tot», entgegnet Heinz.

Wasserspender

Neben mir sitzt ein alter Kreuzberger, der in diesem Café mit seinen Holzstahltischen, vertikalem Wandgarten und eigenem Röstraum deplatziert wirkt. Er, mein Nachbar, ist mit großem Abstand der älteste Mensch in diesem Raum. Ich sage Mensch, weil zu seinen Füßen ein uralter Schnauzer schläft, der seinen Besitzer in Hundejahren bereits überrundet haben muss. Jedenfalls stehen auf dem Tisch vor meinem Nachbarn eine Tasse schwarzer Kaffee und ein bis zum Rand gefülltes Glas Leitungswasser, von dem er nach jedem Schluck Kaffee einen großen Schluck nimmt.

«Sie haben kein Wasser», sagt er, als er auf meinen Tisch blickt. «Wann haben Sie zuletzt ein Glas Wasser getrunken?»

«Mhhhm, gestern Abend?», antworte ich und muss tatsächlich überlegen.

«Ich hole Ihnen eins, Moment.»

Bevor ich reagieren kann, erheben sich der Mann und sein alter Hund. Gemeinsam trotten sie zum Wasserspender und kommen, indem sie eine Spur mit Wasserflecken auf dem Betonboden hinterlassen, mit einem sehr großen Glas zurück an meinen Tisch.

Orientierungslos

An einem typisch hektischen Morgen am Bahnhof Zoo steht eine verwirrte Reisegruppe aus jungen Studenten. Desorientiert blicken sie abwechselnd auf ihre Handys und die Anzeigetafel. Ein älterer Herr, Wollmantel, leicht zerschlissen am unteren Saum, beobachtet augenrollend das hilflose Szenario. Die Zeiten des höflichen Fragens, das verrät sein Blick, scheinen vorbei zu sein. Man sucht Hilfe bei einem Gerät und würde eher vom Zoo über Spandau und Marzahn nach Mitte fahren, als sich an einen lokalen Experten wie ihn zu wenden. Er bewegt sich langsam auf die Gruppe zu.

«Hello? Can I help?» Das eingerostete Schulenglisch kommt langsam, aber es kommt.

«Yes, yes», antwortet eine der Studentinnen erleichtert. «We are looking for the Museumsinsel. Do you know which train?»

Natürlich weiß er, welchen Zug sie nehmen müssten. «Dit is ja nich auszuhalten, mit euch junge Leute.» So ganz ohne Kritik geht es nicht. «Kieken Se ma: Here you go, this train!», er zeigt auf die Anzeigetafel. «This train takes you to Museumsinsel!»

Er merkt natürlich, dass sein Ton deplatziert ist. Der eingeschüchterte Blick der Touristin bestätigt ihn in seiner Annahme.

«Dit is Berliner Schnauze, you know?», sagt er schulterzuckend und verschwindet in der Menge.

Familiensache

In meiner Mittagspause spaziere ich in ein Café. Die Luft ist warm und die Holztische auf der Terrasse sind mit einer feinen Schicht Lindenpollen bedeckt. Trotz der offenen Fensterfront nehme ich den Eingang durch die Tür, dafür sind Türen schließlich da, denke ich mir. Am Tresen lächelt der Barista.

«Du bist heute die Erste, die durch die Tür kommt», sagt er.

«Ich bin wohl doch deutscher, als ich dachte», antworte ich.

«Das stimmt!», pflichtet mir der zwei Meter große Mann mit olivfarbenem Teint bei. «Aber irgendwas steckt doch noch in dir, oder?»

«Ziemlich viel, ja.»

«Bist du hier geboren?, fragt er.

«Ja, aber das heißt ja nichts!»

Daraufhin hebt er, der Englisch mit leichtem Akzent spricht, seine große Hand zu einem High five. «Was denn alles?»

«Also: Meine Mutter ist in Israel geboren, mein Vater hat hugenottische Wurzeln. Meine Großmutter war Bulgarin, ihre Vorfahren kamen jedoch aus Venedig, ganz früher aus Spanien.»

«Cool. Auf dem Papier bin ich Grieche. Jedoch in Kenia geboren, mein Vater ist Eritreer mit französischen Wurzeln, meine Mutter Äthiopierin. Ich habe viele äthiopische Verwandte in Israel, wir beide könnten auch verwandt sein!»

Ich lache und frage, was ich ihm schulde.

«Das geht auf mich. Familienrabatt!»

In Fahrtrichtung links

Seit fünf Uhr sei sie wach, erzählt sie mir um 7 Uhr 51. Die alte Dame ist meine Tischnachbarin im ICE auf dem Weg nach Köln. 91 Jahre alt sei sie und vor 85 Jahren zum ersten Mal mit dem Zug gefahren. An der Hand ihres Vaters am Kölner Hauptbahnhof ein- und in Frankfurt wieder ausgestiegen. Wunderbar sei das gewesen, Limonade hätte es gegeben und eine tadellose Aussicht auf Rhein und Main. Der Geruch am Fernbahnhof, das erzählt sie mir, war ein ganz anderer. 1933 roch es anders in Deutschland, bleiern, schneidender, aber auch simpler. Sie erzählt, ich lasse sie reden, lege mein Buch zur Seite und schließe den Laptop. Die Fahrt sei damals wesentlich langsamer gewesen. Heute, beklagt sie sich, sei ihr das alles zu schnell. Den Leuten ginge es nur noch ums Ankommen. Ihre Hände sind schmal und von Altersflecken bedeckt, die Finger krumm, Rheuma, die Nägel fein und gepflegt. Sie riecht nach Seife und Haarlack, ihr Wollkostüm ist zwei Nummern zu groß. Es mache sie traurig, sagt sie, während sie eine Banane aus ihrer Handtasche auf den Tisch legt, dass dies ihre letzte Reise sei. Krank sei sie, zu krank, um weiterhin ein selbstbestimmtes Leben in Berlin zu führen. Nun ziehe sie zu ihrer Tochter und dem schweigenden Schwiegersohn in den Kölner Süden. Der Schwiegersohn bestand auf einer begleiteten Zugfahrt, doch sie ließ sich nicht davon abbringen, ihre letzte Reise alleine anzutreten. Nicht an der Hand des längst gegangenen Vaters, nicht an der Hand ihrer Tochter, nicht gestützt durch ihren Gehwagen, der in Köln auf sie warte.

Zeitkonserve

Frau Schneider begegnete ich zum ersten Mal am Tag meines Einzugs. Ich, zerschlissene Jeans, unsaubere Fingernägel, zerzaustes Haar, begrüßte sie höflich im Hausflur, während ich einen kurz vor dem Zerbersten stehenden Umzugskarton mühevoll über die rauen Fliesen des Entrees schob. Bereits damals fiel mir auf, wie grazil und elegant sie sich trotz ihres hohen Alters, 85 bestimmt, bewegte. Stets an der Hand ihres Mannes, der, nicht minder betagt, ihr bester Begleiter und treuester Freund war. Frau Schneider war stets Ton in Ton gekleidet. Im Winter bevorzugte sie kräftige Töne wie Burgunder und Marine, im Sommer gerne Flieder und Türkis. Selten, wahrscheinlich nie zuvor und nie wieder seitdem, traf ich jemanden, der Kleidung und Accessoires mit derart liebevoller Präzision kombinierte wie sie. Wann immer ich Frau Schneider nebst Gatten im Flur, im Hof oder vor der schweren, mit Intarsien verzierten Eingangstür unseres Wohnhauses aus der Gründerzeit traf, war sie von Kopf bis Fuß perfekt gekleidet und hinterließ beim Laufen eine Note aus Kölnisch Wasser und Haarfestiger.

Ich konnte meine Uhr nach Schneiders stellen. Morgens um sieben, unter der Woche störte mich das natürlich nicht, hörte ich bereits den alten Wasserkessel zischen. Schneiders waren beide Rentner, und das seit Langem. Von ihrer Routine ließen sie sich trotz dieser Tatsache nicht abhalten. Tee um halb acht, Morgentoilette um acht Uhr fünfzehn, Post holen um neun. Einkaufen um halb zehn, Mittag um 12. Fernsehen, sehr laut, von zwei bis vier, Nachmittagsruhe, Abendbrot um sechs, Schlafen um neun. Tagein, tagaus, während der Wandel der Zeit als Nebenschauspiel existierte. Herr und Frau Schneider taten wohl das, was sie schon immer taten. Und das gemeinsam. Bis auf ein freundliches «Guten Tag», das sie stets mit einem Nicken und er stets mit einem angedeuteten Lächeln untermalte, redeten wir kein Wort miteinander. Es störte mich nicht. Sie zu beobachten, bereitete mir ohnehin mehr Vergnügen. So lebten wir, Schneiders und ich, die letzten Jahre nebeneinander her und aneinander vorbei. Jeder in seinem eigenen Tempo, jeder von uns mit seinen ganz persönlichen Eigenheiten.

Nachdem ich Schneiders längere Zeit nicht mehr gemeinsam gesehen hatte, traf ich Frau Schneider alleine vor ihrer Wohnungstür. Der Duft, ihr fein gelegtes Haar, der leicht schimmernde Lidschatten – alles war wie immer. Und doch war für sie alles anders. Frau Schneider trug schwarz. Ich wusste nicht, was ich sagen sollte, daher nickte ich bescheiden und wünschte ihr einen angenehmen Tag. Der Gedanke an Frau Schneider, die ich während der letzten sechs Jahre lieb gewonnen hatte, ließ mich nicht los. Am gleichen Abend klopfte ich pünktlich um sechs an ihre Tür. Überrascht schaute sie mich durch einen Spalt an. Ein Schwall abgestandener Luft kam mir entgegen, kein Gestank, aber Luft, die wohl irgendwann einmal stehen blieb. Als sie die Flasche Kirschwasser in meiner Hand sah, lächelte sie, bat mich rein und führte mich ohne Umweg in die dürftig beleuchtete Küche, in deren Mitte ein gedeckter Tisch stand. Mit zwei Gedecken. Sie forderte mich auf, Platz zu nehmen. So stellte ich das Kirschwasser neben ihren Teller und schaute ihr beim Zubereiten des Tees zu. Die Küche war ähnlich zeitlos wie Frau Schneider. Es hätte das Jahr 1940, 1980 oder 2015 sein können – ein Raum in einer Konserve. Beim Umschauen blieb mein Blick an einem Wandkalender hängen. Er zeigte das Datum von vier Wochen zuvor. In allen Regalen, auf der Arbeitsplatte und der Fensterbank standen Einmachgläser. In sämtlichen Formen und Größen, mit Obst, Gemüse, Marmeladen und Kompott gefüllt. Es wirkte, als könne Frau Schneider es nicht ertragen, dass um sie herum etwas verwelkt, verdirbt oder stirbt. Beim Servieren des Tees zitterten ihre Hände und zum ersten Mal erschien mir Frau Schneider wie die gebrechliche Frau, die sie bereits vor Jahren hätte sein müssen. Schweigend aßen wir Dosenkompott und tranken Kirschschnaps auf das Leben.

Veritas

Ein Kunde im Weinladen:
«Ick brauch wat Rotet.
Und wat Kräftijet.
Und wat Jehaltvollet.
Und wat, dit kostet.
Jibt Leba heute Abend.»

Der Promille-Prinz

Manchmal, aus einer Laune heraus, stelle ich mir vor, durch ein Filmset zu laufen. So auch an einem Abend im November, die Temperatur gerade so über null. Ich wollte schnell nach Hause, die schwere Einkaufstasche abstellen, ein heißes Bad nehmen. Ich war unglaublich müde von einem langen Tag, der im 24-Stunden-Supermarkt am Bahnhof Zoo endete, und wartete vergebens noch auf ein lautes «Schnitt», das der Regisseur in meiner Vorstellung aus der hinteren Ecke schrie. Man würde mir eine warme Decke bringen, die Tüte abnehmen und einen heißen Tee anbieten. Weil es dunkel war und hinter mir in regelmäßigem Abstand etwas Lautes knallte, drehte ich mich kurz um. Ich sah im halbdunklen Schein der Straßenlaternen einen Mann hinter mir herlaufen, der ein Fahrrad schob, dessen Kette immer wieder gegen den Rahmen schlug. «Umbringen wird mich sicherlich nicht jemand, der erst sein Fahrrad ablegen muss», dachte ich mir und ließ ihn aufholen, um Herrin der Lage zu bleiben.

«Sie brauchen keine Angst zu haben. Wohne seit 42 Jahren hier», lallte er, als wir gleichauf liefen. Sein Atmen roch nach billigem Schnaps. Seine knollige rote Nase, die von blauen Äderchen übersät war, sah aus wie eine dieser wiederentdeckten alten Tomatensorten, die man für viel Geld auf dem Öko-Markt kaufen konnte. Nur saß diese mitten in einem Männergesicht.

«Ich habe keine Angst», antwortete ich möglichst bestimmt.

«Gut. Wir sind hier schließlich in Wilmersdorf. Im Wedding hätten Sie jetzt Angst haben müssen vor mir. Wobei, ich bin viel zu betrunken, um jemanden umzuhauen.»

«Das hält zumindest warm», sagte ich und wollte weitergehen.

«Darf ich Ihnen wenigstens die Tüte nach Hause fahren?», fragte er. «Ich habe eine Tochter in Ihrem Alter und würde mir wünschen, dass man ihr abends schwere Tüten nach Hause tragen würde.»

Das ist er, dachte ich mir. Das ist der Moment, in denen das Kinopublikum im Sitz versinkt und sich denkt: Entweder trägt er ihre Tüten wirklich nach Hause oder er bringt sie um.

«Können Sie das denn?», fragte ich.

«Noch ja.»

Ich willigte ein und hängte die Einkaufstüte an die krumme Lenkstange seines Fahrrads. Die Kette schlug weiterhin an den Rahmen, seine Schnapsfahne folgte uns wie ein trotteliger Dackel. Wir schwiegen, bis wir an meiner Straßenecke ankamen und ich mich dankend verabschiedete.

«Meine Tochter spricht seit 20 Jahren nicht mit mir», sagte er, als er langsam im Abend verschwand.

Prioritäten

Stirnrunzelnd sitzt ein Vater mit seinem Kleinkind neben mir im Café. Vor ihm die aufgeschlagene *FAZ*, er liest einen Artikel über die steigende Zahl nordkaukasischer Salafisten und deren Affinität zu Waffen und Gewalt. Sein Sohn, der nicht minder gewalttätig versucht, sein Croissant in einer winzigen Tasse mit dampfendem Kakao aufzuweichen, lässt den grübelnden Vater gewähren und beschäftigt sich ruhig mit der Tasse und der Teigpampe. Plötzlich kippt die kleine Porzellantasse mitsamt dunkelbraunem Inhalt über die gesamte Zeitung. Der Vater blickt hoch, der Sohn blickt hoch. Beide lachen, die Zeitung landet im Müll und das Croissant, endlich, in einer großen Tasse mit frischem Kakao.

Buckelpiste

Der kleine Junge wirft wütend sein Dreirad zur Seite und fängt fürchterlich an zu weinen. Er hängt sich um die Knie seines Großvaters, der zum Familientross aus Eltern, Großmutter und schluchzendem Jungen gehört.

«Schultern!», bettelt der Dreijährige, bis seine Mutter interveniert. Der Opa könne das nicht mehr, der Rücken, das wüsste er doch. Und tatsächlich: Unter der Windjacke des Opas zeichnet sich ein Buckel ab.

«Papperlapapp, hoch mit dir!», sagt er heldenhaft zu seinem Enkel, den er mit Schwung über seinen Kopf hebt. Und dann läuft es einfach, das Dreigenerationenduo. Mit getrockneten Tränen und einem kerzengeraden Rücken.

Das Ende eines langen Tages

Durch die offene Terrassentür höre ich nun schon die dritte Mutter, die ihre Kinder zum Abendessen hereinruft. Langsam, viel zu langsam in den Augen der Mütter, die immer wieder die Namen ihrer Sprösslinge rufen, setzt sich der Tross in Bewegung. Ich blicke raus und sehe nackte Füße, verstaubte Hände und verschwitzte Köpfe. Dicke Blöcke bunter Malkreide liegen jetzt, da Trippelschritte in jedem Stockwerk des Hinterhauses zu hören sind, verlassen auf dem Innenhofboden, der nur noch in der hintersten Ecke von der Abendsonne beleuchtet wird.

Sie dürfen mich siezen

Zu dem älteren Herrn im Tweedjackett, das er auch an seinem Tisch in der Nachmittagssonne nicht auszieht, gesellt sich ein weiterer Herr. Ähnliches Jackett, ähnliches Alter. Sie begrüßen sich herzlich, beinahe überschwänglich.

«Ach, spinnen Sie nicht, Herr Reinhardt!», sagt einer der beiden.

«Doch, glauben Sie mir, Herr Brandt, das lief genauso ab!»

So vergehen Minuten, in denen ich mich weniger auf mein Buch, als auf Herrn Reinhardt und Herrn Brandt konzentriere, denen das gegenseitige Siezen fast mehr Vergnügen zu bereiten scheint als der Gesprächsinhalt. Jawohl, Herr Reinhardt, nicht doch, Herr Brandt. Um Gottes willen, Herr Reinhardt, ich glaube, Sie spinnen, Herr Brandt.

«Entschuldigen Sie», frage ich, als die beiden gerade aufstehen wollen. Sie wenden sich mir freundlich und mit einem offenen Lächeln zu.

«Sie scheinen langjährige Freunde zu sein. Würden Sie mir verraten, wieso Sie sich noch siezen?»

Sie bauen sich vor mir auf und beugen sich zu meinem Tisch herunter.

«Wir kennen uns seit 35 Jahren aus der Kanzlei und sind seit 34 Jahren miteinander befreundet, junge Dame», lässt mich Herr Brandt wissen. «Und kein einziges Mal haben wir uns geduzt.»

«Ich könnte Hans niemals all das erzählen, was ich Herrn Brandt anvertraue!», sagt Herr Reinhardt.

«Ich auch nicht. Erich würde niemals das wissen, was Herr Reinhardt erfährt.»

«Wir sind füreinander Herr Brandt und Herr Reinhardt. Nicht Erich und Hans, das sind andere Menschen, nicht unsere Freunde.»

Sie gehen.

Herr Brandt nach links.

Herr Reinhardt nach rechts.

Einer von uns

Neben mir, in der S-Bahn, sitzt ein Mann. Als er eintrat, dabei seine schwarze Nylontasche fest umklammert hielt und sich scheu umsah, fand er keinen Blickkontakt. Er suchte nach einem Platz, ganz hinten, irgendwo, wo er möglichst ungestört sein konnte. Er wählte den Platz neben mir, ganz so, als wollte er sich hinter meinem Fahrrad verstecken, das nun sehr nah an seinem Bein stand. Als wir losfuhren, öffnete er seine Tasche, deren vordere Seite mit bunten arabischen Buchstaben bedruckt war. Er holte einen Stapel Zettel aus der Innentasche und legte sie vorsichtig auf seinen Schoß.

BEIM ARZT:

KOPF

HALS

NASE

OHREN

MUND

Flüsternd wiederholte er immer wieder jedes Wort:

«Kopf. Kopf. Mund. Mund. Nase. Nase ...»

Als er den Kopf seufzend nach hinten warf, schaute er mich kurz an, ich schaute zurück und nickte emphatisch. Er blinzelte zweimal langsam, ich blinzelte zweimal langsam zurück. Für manche Unterhaltungen braucht man einfach keine Worte.

Am Telefon mit meiner Großmutter

«[…] und weißt du, während ich hier im Pyjama sitze und mit dir telefoniere, fühle ich mich wie 25. Wie die Erika mit 25 Jahren. Erst gleich, wenn ich unter die Dusche gehe und die 25-jährige Erika ihren 91-jährigen Körper waschen muss, erinnere ich mich wieder daran, was eigentlich los ist.»

Frühlingshügel

Wahrscheinlich steht er seit Jahrzehnten auf, er hat irgendwann aufgehört, die Jahre zu zählen, wäscht sein Gesicht, zieht seine schwarze Kippa an und sagt das Morgengebet.

«Mode ani lefanecha, melech chai wekajam, sche-he-chesarta bi, nischmati, b'chemla, raba emunatecha.» Ich danke Dir, König, Lebender und immer Bestehender, dass Du mir in Barmherzigkeit meine Seele wiedergegeben hast, groß ist Deine Treue. Groß ist seine Treue auch für dieses Land, in dem er seinen kleinen Gemischtwarenladen betreibt. Früher noch, das ist auch einige ungezählte Jahre her, hat ihm seine Frau den gestärkten weißen Kragen unter dem Strickpullover zurechtgestrichen. Heute macht er es alleine, jeden Tag. Bei 15, 25 oder 35 Grad. Im Jahr 1950, 1980 oder 2017. Wer einen Gemischtwarenladen in Tel Aviv führt, wo gläserne Wohntürme so rasant aus dem Boden sprießen wie das erste Korn der Kibbutz-Pioniere um die Jahrhundertwende, der hat viel Zeit zum Lesen. Hier, umgeben von seinen gemischten Waren, fühlt er sich sicher. Es wirkt so, je länger man hinschaut, dass nicht nur die jungen Städter sein Angebot meiden, sondern er der Zeit keinen Eintritt gewährt. Es wirkt, als wäre er noch da, wenn wir alle längst gegangen sind.

Alles gesagt

Neben mir unterhalten sich zwei Berlinerinnen.

«Weeste? Dit mach ick nich!»

«Nee, mach dit nich!»

«Uff keenen Fall!»

«Jar keenen Fall!»

«Ick will dit ooch nich!»

«Dit sollste ja nich wollen!»

«Würd ick och nich!»

«Dann mach dit nich!»

«Möchte ick ja nich!»

«Kann ick ja vastehn!»

«Also nich machen, wa?»

«Nich machen!»

«Jut!»

«Jut!»

Momente in Köln

«Die nördlichste Stadt Italiens», so nennen sie das Betondebakel am Rhein, von dessen Südwesten meine Eltern und ich in Richtung nördliche Mitte fuhren. Nach gerade einmal zwei Kilometern hielten wir bereits an der x-ten Ampel auf der nicht enden wollenden Luxemburger Straße. An der Ecke standen eine dicke Hummel und eine Kindfrau im Mangakostüm, die sich bei einer Zigarette unter dem regnerischen Dach Kölns amüsierten. Das ist Köln im Februar, dicke Regentropfen, die auf dicke Hummeln fallen. Und von den zwei Arten Kölnern, die es gibt, gehöre ich zu den Karnevalhassern. Es gibt auch andere, jene, die sich am Rosenmontag Pralinenschachteln an den Kopf werfen lassen und es lustig finden. Jeder so wie er mag.

Wir saßen damals zu dritt im Auto. Es war einer dieser Automomente, in dem wir alle die waren, die wir schon immer waren. Ich, mit dem Kopf in den Wolken, mein Vater, aus dem Fenster blickend, mit den Augen in der Natur, meine Mutter, am Radio rumfummelnd, mit den Ohren nach Herbert Grönemeyer suchend. Auf WDR 2 fand sie ihn. Darauf ist in Köln immer Verlass, auf das Verlässliche. Irgendwo läuft immer Grönemeyer, irgendwo steht immer noch das eine Café von damals, irgendwo stehen Kräne, die nichts bauen oder Dinge bauen, die nach nichts aussehen. Obwohl ich auf dem Beifahrersitz saß, gab ich Gas. Mein Fuß drückte ins Leere, während meine Mutter dem vorgegebenen Tempo entsprechend fuhr. «Du lässt die Gänge zu lange ausfahren!», murmelte ich von rechts. «Blödsinn», murmelte sie zurück. «Unglaublich, die Kornelkirschen blühen schon. Bald ist Frühling!», bemerkte mein Vater, der wie immer aus dem Fenster schaute.

Wir verbrachten den Nachmittag mit Freunden und ihren Kleinkindern. Unweigerlich war ich, damals 32, wieder einmal mit dem konfrontiert, was ich wollen müsste, und dem, was ich wollte. Das Gefühl, ab einem gewissen Punkt im Leben fremdbestimmt zu sein, machte mir Angst. Vielleicht, und das spürte ich durch das immer wieder in meine Richtung strömende Parfum meiner Mutter, hatte ich einfach nur Angst davor, unsere Dynamik zu verlieren. Vater, Mutter, Tochter, aus denen Oma, Mutter, Opa, Vater, Tochter, Mutter werden würde.

Heute bin ich Mutter und weiß, dass sich tatsächlich vieles zwischen uns verändert hat. Eine schmerzhafte Veränderung, weil sie mich, uns, dazu zwingt, bequeme Muster zu überdenken. Während ich mich mit dem ersten Atemzug unserer Tochter an dieses Kind gebunden habe, haben sich gleichzeitig Knoten zwischen mir und meinen Eltern gelöst und damit eine Entwirrung losgetreten, die zu einer gesünderen Reflexion unserer Dynamik beigetragen haben.

Doch Köln, meine Heimat aus Spritzbeton, oder, wie mein Mann sagt, wenn er an den 50er-Jahre-Kachelfassaden vorbeiläuft, «das größte Badezimmer der Welt», ist und bleibt vertraut und ihrer Rolle treu: die liebevolle Großstadt mit Dorfcharakter, in der es mich ausnahmsweise nicht stört, vom Metzger «Liebschen» genannt zu werden. Denn auch mein Vater, der Hund und der Notar aus der Kanzlei gegenüber werden so begrüßt.

Als Kölnerin kann man Köln nie ganz abschütteln, auch nach 15 Jahren in Berlin nicht. Meine als kindlich beschriebene Neugier und die Redseligkeit, mit der ich im Taxi oder einer sichtlich genervten Beamtin in der Elterngeldstelle gegenübersitze, entlarven mich als Rheinländerin. Daher kommt dieses Buch auch nicht ohne besondere Erwähnung meiner Heimatstadt und ihrer Bewohner aus. Berlin ist mein Zuhause und Köln wird immer der Busen sein, an den ich zurückkehre, um aufzuladen. Man erkennt ihn schon von Weitem, wenn man über die Hohenzollernbrücke in den Hauptbahnhof einfährt: die Domspitzen, die in den Himmel ragen wie Madonnas Brüste im berühmten Kanonen-BH.

Kassensturz

Auf einem Wochenmarkt in Köln.

«Ich habe leider nur einen 50-Euro-Schein, passt das?»

«Ob dat passt? Hörens! Isch mach Ihnen dat so klein, den erkennen Sie nachher nit wieder.»

Wo gehobelt wird ...

In einem Kölner Park treffen wir Herrn P., den alten Schreiner unserer Nachbarschaft. Wir fragen ihn, wie es ihm ginge:

«Ach wissen Se, wenn man dat Schlechte weglässt, jeht et mir eijentlisch janz joot.»

Alte Kamelle

Ich besuche meine Eltern in Köln. Das Kind schläft im Kinderwagen, den ich sanft ruckle, während ich vor einem Altbau stehen bleibe. Ich erinnere mich an einen alten Mann und seine Frau – es kann auch nur ein Mann oder nur eine Frau gewesen sein –, die dort Uhren verkauften. Eines dieser Geschäfte, in denen niemals Kundschaft ein und aus zu gehen schien. Die Glocke an der Tür blieb die meiste Zeit des Tages stumm. Und doch, als würden sie umgeben von Sekunden, Minuten und Stunden auf jemand ganz Bestimmtes warten, entstaubten und hegten die Inhaber ihren immerfort tickenden, aus der Zeit gefallenen Besitz liebevoll.

Heute verkaufen sie dort Flammkuchen. Eine Terrasse voller junger Leute, die sich hauchdünne Käsefäden um die Zeigefinger wickeln und über ihre von Speckfett glänzenden Lippen wischen. Sie sitzen auf Holzbänken oder Schaukeln, die an dicken Tauen an der Stuckdecke im Ladenlokal befestigt sind.

Ich schaue abwechselnd und mit knurrendem Magen nach meiner Tochter und auf die Flammkuchenböden. Ich erinnere mich an das eine Mal, an dem meine Freundin und ich den Laden betraten. Im Schaufenster lag eine Kinderuhr, die wir uns unbedingt anschauen wollten. Sie war rot, die Zeiger Ballons, die Ziffern Konfetti. Ein alter Mann – es kann nach wie vor auch eine alte Frau gewesen sein – kam schlurfend aus dem Hinterzimmer an die Ladentheke. Wir hatten natürlich kein Geld dabei, kicherten und verließen peinlich berührt das Geschäft mit genau zwei Süßigkeiten: einer Kaffeepraline und einer Likörpraline.

Als ich bereits einige Minuten stumm vor der Fensterfront stehe, gesellt sich jemand zu mir.

«Dat war mal ’ne Uhrenladen, junge Frau.»

«Ich weiß.»

«Da jab et immer janz leckere Pralinen.»

Gott ist ein Narr

Eine ältere Dame aus der Nachbarschaft, mit der ich mich kurz unterhalte, bewundert meinen runden Schwangerschaftsbauch, kramt in ihrer Handtasche und schenkt mir einen goldenen Anhänger eines katholischen Ordens.

«Als Glücksbringer für dat Baby», fügt sie hinzu. «Isch bin nämlisch rheinisch-katholisch, nit römisch-katholisch. Dat is einfach lustijer.»

Der Vorhang fällt

Vor mir, in der Schlange vor dem Cafétresen, steht eine Frau. Ein Zopf, geflochten, bestimmt einen halben Meter lang, kunstvoll zu einem Knoten auf der Mitte ihres Kopfes drapiert. Das dunkelbraune Haar wird von einer filigranen Holzspange gehalten. An den Adern ihres Handrückens erkenne ich, dass sie jenseits der vierzig sein muss, jedoch noch keine sechzig. In einem Alter, in dem so viele Frauen in sich ruhen und so elegant roten Lippenstift tragen können, wie es keine Frau mit 25 vermag. Sie duftet nach einem dieser Düfte, die heute nur noch in Novellen mit floralen Adjektiven beschrieben werden. Violette Pourpre von Coty, zum Beispiel. Sie ist groß, größer als ich, überragt mich auch in ihren flachen, derben Lederstiefeln um mehrere Zentimeter. Trotzdem muss sie ihren feinen Nacken recken, um besser lesen zu können, welche Teesorten angeboten werden. Die Augen, kommentiert sie, die Augen. Natürlich trinkt sie Tee. Natürlich trinke ich Kaffee. Ihre Bewegungen wirken kontrolliert und filigran, wie die einer Ballerina. Ich stelle mir ihr Leben auf der Bühne vor, dass sie vor längerer Zeit hinter sich gelassen haben muss. Würde und Eleganz bilden eine Mauer um sie, die auch heute noch, Jahre nach dem letzten großen Auftritt, nicht erklommen werden kann. Moskau, Sankt Petersburg, Mailand, Paris. In meinem Tagtraum sehe ich sie auf muskulösen Beinen tanzen. Applaus, Blumen fliegen, in ihren langen Armen wiegt sie einen Strauß weißer Rosen.

Vom Zischen der Kaffeemaschine schrecke ich auf und sie, Tänzerin, sucht nach Münzen in ihrer Geldbörse. Dabei rutschen einige Karten aus dem Inneren. Darunter eine aus eierschalenweißem, festem Papier. «Atelier Danse» steht mittig in ausgefransten Lettern. «Tatjana Ulanowa, Ballettlehrerin» weiter unten. Ulanowa, wie die bereits lange verstorbene, kinderlose Prima Ballerina Assoluta Galina Sergejewna Ulanowa. Die größte Ballerina ihrer Zeit.

Liebe ist geduldig

Am Nachbartisch sitzt ein älteres Paar. Er schwarzer Kaffee, sie eine Melange. Sie teilen sich eine Tageszeitung. Er liest die ersten Seiten, sie die letzten. Keine Worte seit einer halben Stunde. Als er fertig mit seinem Teil ist, sieht er, dass sie noch etwas Zeit braucht. Er legt seine linke Hand auf ihre rechte. Und wartet. Als sie die Zeitung schließt, tauschen sie.

Synonyme für einen Roman

An einem warmen Frühlingsmorgen sitze ich vor dem Café, trinke meinen üblichen Cappuccino und blättere in der Tageszeitung. Neben mir sitzt ein Mann, vielleicht Ende fünfzig, der langsam Dinge in seinen Laptop schreibt. Er schaut immer wieder auf, verfolgt die Spatzen im Busch, die mir an diesem Morgen schon zweimal auf den Tisch gekackt haben, streichelt einen vorbeilaufenden Hund und stöhnt in die Luft, als würde sie sein Stöhnen mit beschwichtigenden Worten erwidern können.

«Darf ich Ihnen etwas vorlesen?», fragt er, als er sieht, dass ich mich für ihn interessiere.

«Natürlich. Was denn genau?»

«Ich schreibe seit Ewigkeiten an einer Geschichte für eine Lokalzeitung aus meiner Heimat.»

«Wo kommen sie denn her?»

«Aus einem westfälischen Kaff.»

«Na, dann legen Sie mal los!»

«Ich konsterniere, du konsternierst, er, sie, es konsterniert. Bestürzt, fassungslos sein. Ich stehe auf dem Balkon, es ist früh, sieben Uhr, es ist früh. Balkon, Austritt, Erker, Vorsprung, Vorbau. Mein Kopf schmerzt, pocht, hämmert. Dumpf, hinter den Augen, dort, wo man nicht kratzen kann. Mal wieder, wie seit Langem, zu wenig Schlaf. Der Arzt sagt, ich solle viel trinken und schlafen. In meinem Alter sei das hilfreich. Was ich jedoch trinken soll, das sagte er nicht. An meinem Oberkörper ein weißes T-Shirt, befleckt. An meinen Beinen eine schlabbrige Schlafanzughose. Die Nachbarskinder treten einen Fußball seit zwanzig Minuten immer wieder gegen die eine Hauswand, an

der seit Jahren der Putz abbröckelt. Das haben wir gemeinsam, die Wand und ich. Und wer kann schon bei dem Gedanken daran, ans Bröckeln, schlafen? Ich brauche meine Fassade, viel mehr als alles andere. Er prokrastiniert, sie prokrastiniert, wir prokrastinieren. Aufschieben, trödeln, verbummeln. In meiner Hand halte ich seit fünf Minuten mein Smartphone, dessen Bildschirm schon bessere Tage hatte. Das haben wir gemeinsam, der Bildschirm und ich. Riss, Bruch, Knacks. Weiter weiß ich nicht. Er schrieb, mein Agent, er schrieb, um zu wissen, was es mache. Das Manuskript. Das frage ich mich auch. Es schlummert, döst und schläft. Das haben wir gemeinsam, das Manuskript und ich. Acht von 60 nötigen Seiten sind fertig. Runtergeschrieben. Acht Seiten in vier Monaten, Glückwunsch, Gratulation, Applaus. Es geht nicht, ich kann nicht, es reicht nicht. Die Wörter, die Gedanken, die Ideen. Das Nächste ist immer besser, passender, vollkommener als das Erste. Komme kaum, und das auch nur schwitzend, rauchend, trinkend, über einen Satz hinaus, ohne die Löschtaste zu drücken. Selbst die Synonyme reichen nicht, um mir zu genügen. Synonyme sind ein Schatten ihrer selbst, eine schlechte Kopie des Echten. Das haben wir gemeinsam, die Synonyme und ich. Früher, als ich noch Ideen hatte, ging es mir, das Schreiben, leicht von der Hand. Gedanken zu Buchstaben, Buchstaben zu Sätzen, Sätze zu Seiten. Und so weiter. Seiten über Seiten, 500 in drei Monaten, bis die Sehnenscheiden glühten, das Hirn rauchte. Rauchen, qualmen, schwelen, rußen. Manchmal geht es noch, das mit den Wörtern. Aber zu selten, fast nie. Eigentlich nimmer. Die Jungs, vier an der Zahl, überziehen den grauen Beton mit bunter Malkreide. Dicke Blöcke, beinahe so groß wie ihre Hände, in Blau, Grün und Rot. Rot, Purpur, Karmesin, Fuchsia. Sie malen Straßen, wo keine sind, schreien Ganoven an, wo keine stehen. Lasse die Asche meines Glimmstängels, Kippe, Zigarette auf das T-Shirt rieseln, fallen, niedergehen und versuche, mich an meine Vorstellungskraft zu erinnern. Tage, an denen ich Schlösser sah, wo keine standen, mir Orte ausmalte, die es nicht gab. Doch jetzt, auf die Stadt der Kinder blickend, schöpfe ich Kraft, Energie, Courage, Mumm. Meine Hände zittern, während ich tippe, ihn, den Agenten, wissen lasse, dass es kommt. Bald, schleunigst, beizeiten, das Manuskript kommt.»

«Das hört sich wirklich toll an», sage ich und meine es ehrlich.

«Meinen Sie das ernst?», fragt er beinahe schüchtern.

«Ganz ernst. Was ist denn mit Ihrem Manuskript?»

«Es gibt kein Manuskript.»

«Wie meinen Sie das?»

«Ich habe mir vorgestellt, wie es sich anfühlt, ein Schriftsteller zu sein, und das aufgeschrieben.»

«Sie schreiben also nur aus Spaß?»

«Ja, ich bin Steuerberater. Vom Schreiben kann man doch nicht leben ...»

Jesus, die Blase

Ungeduldig tippelnd warte ich in der langen Toilettenschlange in der St. Thomas Kirche. Vor mir steht ein älterer Herr, der sich umdreht und fragt, ob ich dringend müsste.

«Sehr dringend!», antworte ich und füge hinzu, dass Juden generell kleinere Blasen haben als Protestanten.

Er schaut mich an, dann auf den Boden, nickt leise und sagt: «Ja, ja, das habe ich schon mal irgendwo gelesen!»

Am Telefon mit meiner Großmutter

«Erlebe die großen Dinge. Das, was du tun musst, dein Alltag, ist Begleitmusik. Habe Spaß an allem, was du tust, irgendwann blickst du zurück, und es wird dir vorkommen wie ein einziger Augenblick. Nimm alles mit, was du tragen kannst, Erfahrung ist keine Last.»

Ein erster Abschied

«Lass nicht los, mein Kind!», denkt sie sich, während sie nach der Hand ihres Mannes sucht. 60 Kinderfüße laufen aufgeregt vor einem Reisebus hin und her, dessen summender Motor die nahende Abfahrt ankündigt. Es ist das erste Mal. Das erste Mal loslassen, das erste Mal gehen lassen, das erste Mal ohne Gutenachtgeschichte. Das erste Mal Klassenfahrt. Über den lachenden Köpfen der Eltern, die tapferer sein müssen als ihre nun so großen Kleinen, schwirren Bilder. Der erste Schrei, der erste Zahn, der erste Streit. Tränen trocknen, Bäuche streicheln, Monster verjagen.

Müttern und Vätern steht hier, vor der Grundschule, ein steinerner Bau aus der letzten Jahrhundertwende, eine Jahrhundertaufgabe bevor. Lächeln, das Gesicht streicheln, ein Kuss zum Abschied, wenn er zugelassen wird, winken. Momente, die einige Meter neunzig zum Wanken bringen. Insgeheim wünschen sie sich, dass die Kinder weinen. Nur ein bisschen, wegen des Vermissens. Heimweh haben, nach Mama und Papa. Weil Papa und Mama Kindweh haben. Jetzt schon, obwohl der Bus noch steht. Je lauter die Kinder werden, desto leiser werden ihre Eltern. Wehmut beugt sich dem Übermut, tapfer sind sie. Aber im Büro, zu Hause in der Küche, auf dem Bett ihrer Kleinen sitzend, werden sie seufzen. Über die Bettdecke streichen, die Stille nicht genießen können. Dabei war es doch das, was sie sich vornahmen. Gestern noch, als sie nicht wussten, was Klassenfahrt bedeutet. Auf einmal geht es schnell: Husch, husch. Durchzählen, alle rein. Kampf um die besten Plätze. Die Jungs, ganz hinten, klopfen gegen die Scheibe. Der Fahrer schnauzt, die Mädchen tuscheln, die

Lehrer stöhnen. Und die Eltern, sie stehen aufrecht. Bis der Bus hinter der Ecke verschwindet.

Erster Akt

Auf der Eingangstreppe des Gorki-Theaters sitzen ein Mann und eine Frau. Sie hält mit der einen Hand seine, in der anderen Hand ein Glas Rotwein. Er schluchzt, durch die offenen Flügeltüren hören wir den ersten Gong.

«Ich sagte doch nur, dass du dir endlich mal deine Gefühle eingestehen sollst.»

«Mach ich doch!»

«Aber doch nicht *jetzt*!»

Top Secret

Am Nachbartisch sitzen zwei, die sich ein Croissant und einen frisch gepressten Orangensaft teilen. Sie liest in der Tagespresse, er scrollt über den Bildschirm seines Handys, die Lesebrille sitzt dabei sehr tief auf seiner Nase.

«Ich kann dieses Wort *Rechtsruck* nicht mehr hören.»

«Na, es ist doch aber so.»

«Die wollen doch nur von etwas Größerem ablenken. Rechtsruck, Linksruck, das sind nur Füllwörter.»

«Mensch, Daniel, was redest du für einen Schwachsinn? Wer sind denn *die* und von *was* wollen sie uns ablenken?»

«Heike, darum geht es doch: Wir dürfen es nicht wissen!»

«Ich bestell dir noch einen Kaffee, das ist ja nicht auszuhalten.»

«Mit ’nem Schuss Milch, ja?»

«Ist gut.»

Lebenslotterie

«Schlümpfe. Schlümpfe, Strümpfe, Pfefferminze!», brüllt der drahtige Drogensüchtige, während er an unserem Café vorbeischlurft. Nach und nach blicken wir von unseren Zeitungen und den Handys auf. Einer grinst verhalten, nicht jedoch, bevor er sich wortlos die Erlaubnis seiner Partnerin abholte. Sie grinst auch. Der Mann zieht eine nach Urin, Nikotin und alten Zigaretten riechende Schwade hinter sich her, die sich mit dem heißen Wasserdampf der elitären Flat Whites mischt. Niemand macht Anstalten, den Geldbeutel zu zücken. Erdbeben in Ecuador, Erdogan, Idomeni, da relativiert man gerne mal die Sorgen eines Einzelnen. So lange zumindest die eigenen nicht erkannt werden. «Schlümpfe, Strümpfe, Pfefferminze!», sein Rufen prallt an den versteinerten Gesichtsfassaden ab wie ein alter Lederfußball. «Das geht schneller, als ihr denkt!», fügt er hinzu. Das Knittern der Zeitungsseiten verstummt, das Porzellan wird langsam gesenkt.

Jeder nach seiner Façon

Ich habe mich in die hinterste Ecke gesetzt, damit niemand hinter mir und nicht wirklich neben mir sitzen kann. Die Sonntagssonne ist noch nicht stark genug, um den menschenvollen Raum einzunehmen. Aus meiner Perspektive sehen alle, die vor der großen Fensterfront sitzen, wie wild gestikulierende Scherenschnitte aus. Ich frage mich, während ich jeden einzelnen inspiziere und mir meine eigenen Geschichten stricke, ob auch mich jemand anschaut. Sich fragt, was ich da alleine in meiner Ecke, mal lesend, mal umschauend, mache. Ich bin mir fast sicher, dass es niemand tut, und doch fordere ich es heraus. Warte auf den Moment, angesprochen oder ermahnt zu werden. Als mein Großvater langsam dement wurde und wir es noch nicht wussten, antwortete er auf jede Frage: «Das ist meine Privatangelegenheit.» Was für uns wie eine Floskel oder ein Lückenfüller klang, war die Essenz dessen, an dem er sich am ehesten festhalten konnte. Er, der hochgewachsene Preuße, der mit dem Voranschreiten seiner Krankheit die Gegenwart mit der ewigen Vergangenheit eintauschen musste. Für mich ist das der wahre Luxus des Beobachtens: gedankliche Solitude. Während jeder mit sich, seinen Nebenmenschen und dem Kaffee beschäftigt ist. Alleinsein in der Masse, das ist, in diesem immerwährenden Razzle Dazzle der Großstadt, der wahre Luxus.

Thekengedanken

Für die Recherche eines Artikels über das Berliner Nachtleben stoße ich um 22 Uhr 30 die schwere Holztür einer urigen Kneipe auf, die seit über 80 Jahren unter einem S-Bahnbogen betrieben wird. Ich setze mich an die Theke und bestelle ein Bier, das mir die Wirtin empfiehlt. «Jibt hier nüscht Besonderet. Flasche oder Hahn?», fragt sie. «Flasche», sage ich. Neben mir sitzt ein Mann, der auf einem Bierdeckel kritzelt und sich augenscheinlich wundert, was ich an seiner Theke zu suchen habe. Ich nuckle an dem Bier, das mir nicht schmeckt, und fange an, Stichworte in mein Notizbuch zu schreiben.

«Die gleichen Fressen, wie immer», sagt der Mann plötzlich von rechts. «Ich komme seit – ich kann mich nicht mehr erinnern – hierhin. Es spielt auch keine Rolle, weil es hier keine Rolle spielt. Nichts ist hier von Relevanz. Nicht mal dann, wenn die dünnen Schnapsgläser auf dem Tresen zittern und kurz vor der Kante zum Stehen kommen. Jedes Mal. Stehen metaphorisch für uns, die Säufer, die Aufgeber. Kurz vor Kante zum Stehen kommen, sonst wären wir nicht hier, sonst lägen wir auf den Gleisen.»

Ich halte seine Gedanken fest, meine Schrift ist krakelig, da die Theke unter dem Brettern der S-Bahn zittert wie die Parkinsonhand, die zu der armen Seele neben mir gehört. Er hält sich an seinem Glas fest. Hier hält man sich an dem, was dich halten lässt. Da darf man nicht wählerisch sein. «Vor einiger Zeit, aus Langeweile, gab ich den anderen Stammgästen Namen. Wollen Sie mal hören?», fragt er. Natürlich will ich. «Also, Herr Wartburg, hinten rechts. Weiß nicht wieso, vielleicht, weil seine Augen aussehen wie die Scheinwerfer eines

63-er Modells. Sie stehen sehr weit auseinander, schauen Sie mal! Der da in der Ecke, den hab ich Schuster getauft. So hieß mein Deutschlehrer. Studienrat Schuster, einfach tot umgefallen. Vor versammelter Klasse. Ich saß ganz vorne und starrte bestimmt zwei Minuten lang in sein aufgerissenes Maul. Und jetzt gucken Sie sich den mal an: grauweiß wie 'ne Leiche.»

Durch die von Dunst überzogene Fensterscheibe scheint schwach das blaue Neonlicht eines Hotels. Ab und zu verirren sich Gäste in unser Etablissement. Es muss in einem Reiseführer für Japaner stehen. Als «uriges Berliner Highlight». Spätestens dann, wenn sie merken, dass Marlies, die Wirtin, kein Englisch spricht, gehen sie irritiert lächelnd raus. «Marlies spricht fließend Englisch. Sie hat nur keinen Bock», verrät er. Ich lasse den Rest des Bieres stehen und bestelle ein Glas Rotwein. «Französisch kann se aber wirklich nich, die Marlies», sagt er. «Kein Wort.»

Hausmittel

In der Drogerie legt die alte Dame eine große Menge feuchtes Toilettenpapier mit Mandelduft aufs Band.

«Dann riecht der Pops nach Marzipan», lässt sie mich wissen, während sie nach Münzen sucht.

Am Telefon mit meiner Großmutter

«Was machst du Schönes, Oma?»

«Ich ziehe meinen Schlafanzug nicht mehr aus, Linda!»

«So ganz generell oder an diesem Wochenende?»

«Bis ich sterbe.»

«Du bist 96. Was machst du, wenn du 100 werden solltest?»

«Mehr Schlafanzüge kaufen.»

Schienenorchester

«Misophonie» – endlich fällt mir das Wort ein, nachdem ich minutenlang den letzten Lappen meines Hirnes danach durchforstet habe. Die Intoleranz für Alltagsgeräusche. Wenn ich etwas zu lesen dabei gehabt hätte, vielleicht einen guten Roman, hätte ich mich möglicherweise auf etwas anderes als die Lärmbelästigung der Großstadt konzentrieren können. Wobei der englische Begriff viel treffender ist: Noise Pollution. Lärmverschmutzung. Stattdessen hängen meine Ohren an den Lippen der Mitfahrenden und müssen mit anhören, wie sie ihre Frontzähne durch harte Äpfel mahlen, wie sie Kaugummi kauen, sich räuspern, furzen oder die Nasen hochziehen.

Etwa zehn Minuten nachdem ich eingestiegen bin, betritt ein Mann unseren Waggon, der eine Querflöte in der Hand hält. «Großartig», denke ich, weil sich Musik in der S-Bahn meistens auf das Lied «Hit the Road Jack» beschränkt, das zum Soundtrack der Berufspendler verkommen ist. Der Mann, der sich uns als Herr Michailow vorstellt und gar nicht damit rechnet, beachtet zu werden, setzt sein poliertes Instrument zwischen den Lippen an. Dort, wo seine faltigen Mundwinkel beginnen und sein freundliches Lächeln aufhört. Bevor die ersten Töne erklingen, schließt er seine Augen und gibt sich dem Moment voll und ganz hin. Der fusselige Wollpullover über dem weißen Hemd scheint in seiner Vorstellung zu einem Frack zu werden – so ernst nimmt er seine Bühne und das Publikum, das noch nicht ahnt, an diesem Morgen für 3,50 Euro in einer ruckelnden Philharmonie sitzen zu dürfen. Ich schaue ihn an, lasse mich von seinem Spiel durch Berlin tragen und höre erstmals seit einer gefühlten Ewigkeit kein Kauen, kein Schmatzen und kein Räuspern. Aus meiner Misophonie wird Mitleid für jemanden, der stehende Ovationen und keine Nichtbeachtung verdient.

Als ich ihm mein letztes Kleingeld gebe, setzt er sich neben mich.

«Wo müssen Sie hin, junge Frau?», fragt er mich und schaut mich dabei mit gütigen Augen an.

«Zur Arbeit», entgegne ich höflich.

«Jeden Tag der gleiche Weg, die gleiche Arbeit, die gleichen Menschen?»

«Kann man so sagen.»

«Sie tun mir leid», sagt er und zählt seine Münzen.

Alle Juden heben die Hand, bitte

Neben mir in der U-Bahn sitzen zwei Männer und unterhalten sich.

«Warst du am Wochenende bei der Gaza-Solidaritätskundgebung?»

«Nee, hab ich verpasst. Du?»

«Ja, aber es waren kaum Leute da. Und dieses eine Mädchen. Die, die bei der Merkel geweint hat. Aber die durfte nichts sagen. Glaubste das? Das hat man ihr verboten!»

«Wer hat das verboten?»

«Bestimmt die Springer-Leute, ist doch alles in Judenhand. Die Polizei übrigens auch.»

«Sei leise! Nicht, dass die uns hören!»

«Die Juden? Die sind doch so reich, die fahren nicht mit der Bahn.»

«Ja, stimmt, ich hab auch noch nie einen Juden in der Bahn gesehen.»

Warentrennung

An der Supermarktkasse:
«Sammeln Sie Treueherzen?»
«Seit meiner Scheidung 92 nich mehr!»

Am Telefon mit meiner Großmutter

«Wir fahren am Samstag in die Schweiz», erzähle ich ihr freudig, während ich aus Berlin-Mitte in Richtung Westen fahre.

Sie schweigt einige Sekunden, ich höre sie bloß atmen.

«1952 waren dein Großvater, dein damals zweijähriger Vater und ich im Appenzellerland. Gemeinsam mit einem Paar aus Schaffhausen haben wir uns ein halb fertiges Ferienhaus geteilt. Nachkriegszeit, du weißt ja.»

«Ja, ja, ich weiß.»

«Jedenfalls, Appenzellerland. An einem Wochenende bestiegen wir einen Teil des Säntis. Dein Großvater vorweg, schweigsam, du weißt ja.»

«Ja, ja, ich weiß.»

«Dort trafen wir auf einen Älpler. Nicht älter als 16 oder 18, der eine riesige Herde Kühe hatte. So viele Kühe, das kannte ich damals aus unserem kleinen hessischen Dorf nicht. Und dieser junge Älpler, du wirst es nicht glauben, ich sehe es heute, mit fast 100, genau vor mir: Er lief barfuß und erzählte uns, dass er noch nie ein Paar Schuhe besessen hatte. Und sein linker großer Zeh ...»

Sie lacht so lange, dass ich einmal den gesamten 17. Juni runterfahren und den Kreisverkehr um die Goldelse umrunden kann.

«Sein linker großer Zeh war so groß wie der gesamte Kinderfuß deines Vaters. Ich konnte meine Augen nicht von ihm lassen. Und dein Großvater sagte immer: ‹Jetzt schau dir doch die Landschaft an, Erika. Schau dir die Landschaft an, Kind!› Bis er richtig wütend wurde, weil ich nur den Zeh anstarrte.»

Sie kommt aus dem Kichern nicht mehr raus, auch nicht, als ich vor dem Büro parke und mich verabschieden möchte.

«Dieser Zeh des jungen Älplers, unglaublich. Unglaublich. Jedenfalls, Appenzellerland. Geht dort wandern, falls ihr Zeit habt. Dort gibt es riiiesige ...»

«Zehen, Oma?»

«Und Berge.»

Pappa ante portas?

Gemeinsam mit einer jungen Mutter und ihrem Sohn im Grundschulalter stehe ich auf einer Verkehrsinsel in Berlin-Mitte. Vor uns und hinter uns rasen die Autos von Ost nach West, von West nach Ost. Es ist ungewöhnlich kalt für einen Julimorgen, und es regnet. In der großen Pfütze, die wie eine Grenze zwischen Bordstein und Verkehrsachse liegt, spiegeln sich unsere wartenden Gesichter. Der kleine Junge trägt ein Regencape mit Plastikohren.

«Ich bin ein Hund!», sagt er mir, als ich ihn anlächle. Seine rechte Hand hält brav die Hand seiner Mutter umklammert, die uns beide keines Blickes würdigt. Ihr iPhone vibriert im Sekundentakt. In seiner linken Hand hält er ein Spielzeugauto, das ihm immer wieder auf den nassen Asphalt fällt. Das Warten kommt mir ungewöhnlich lange vor, jedoch stört es mich nicht sonderlich, da wir drei auf dieser Insel ein kleines, wenn auch ungewolltes Team bilden.

«Mama», der Kleine schaut hoch und wartet darauf, dass seine Mutter ihren Blick senkt.

«Mama?» Kein Ton.

«Ma-ma?!» Beim dritten Mal klappt es.

«Ja?»

«Kommt mich Papa heute besuchen?» Sie seufzt.

«Nein, Papa kommt heute nicht.»

Es wird grün, wir gehen gleichzeitig los. Auf der Mitte des Weges drehe ich mich um und sehe, dass er sein Auto nach dem letzten Fall nicht mehr aufgehoben hat.

Am Telefon mit meiner Großmutter

«[...] jedenfalls esse ich momentan kein Brot, schon gar nicht abends.»

«Bitte was machst du? Du isst kein Brot?»

«Wenig.»

«Linda, ich bin mit Brot groß geworden. Dein Urgroßvater war Müller, ich bin auf einer Mühle groß geworden. Wir haben morgens, mittags und abends Brot gegessen, ich esse heute morgens, mittags und abends Brot und lege mir sogar eine zweite auf diese vorgeschnittenen armseligen Brotscheiben aus dem Supermarkt. Mein Arzt sagte mir Jahrzehnte, dass ich weniger Kartoffeln und Brot essen solle – und weißt du was? Ich habe genau das Gegenteil getan: morgens Brot, mittags Brot, abends Brot, fünfmal die Woche Kartoffeln. Ich kann immer noch meine Zehenspitzen aus dem Stand berühren und auf der Seite liegend Tagebuch schreiben. Lass dir von niemandem einreden, dass Brot das Problem sei. In dir steckt auch ein Müllerskind, vergiss das nicht. Ich muss jetzt frühstücken. Brot mit Marmelade.»

Gebrochenes Versprechen

Im Sommer 2020 ist die Corona-Pandemie noch ein junger Gast in unserer Mitte. Die berüchtigte und unverschämte «Armlänge» wurde von anderthalb Metern Abstand zu seinen Mitmenschen abgelöst. Der Alltag, so empfindet es das überrumpelte, ängstliche und hustende Volk, scheint geregelt zu sein wie in einer nordkoreanischen Provinz. Überall Masken, eine Stadt ohne Mimik, dafür Schlangen, überall Schlangen. An einer Teststation im Prenzlauer Berg stehen wir artig hintereinander und warten darauf, Speichel abzugeben. Vor mir steht ein älteres Paar.

«Ick wollt doch nie wieder anstehn, Monika.»

«Ick wees, Wolfgang. Aber dit hätt nich mal der Schabowski schönreden können.»

Sommer der Liebe

An einem Morgen im Bus stehe ich neben zwei jungen Mädchen. Sie unterhalten sich leise.

«Hast du schon mal einen Jungen geküsst?»

«Nein, aber ich werde im Sommer in Griechenland.»

50 Zentimeter Frühling

Ich laufe zur einzigen sonnigen Stelle auf dem Bahnsteig und stelle mich kerzengerade auf den hellen Fleck, der nicht größer als ein Blatt Papier ist. Es ist früh, die Müdigkeit liegt wie der gerade noch hinter uns liegende Berliner Winter schwer auf meinen Lidern. Mit meinem der Sonne zugewandten Gesicht beobachte ich die anderen Pendler, mit denen mich in diesem Moment nicht viel mehr verbindet als der vollendete Marathon aus kurzen Tagen und langen Nächten. Neben mir steht jemand, der anscheinend gerne meinen Platz an der Sonne einnehmen möchte. Zu schüchtern jedoch, um mir zu nahe zu kommen. Da ich weiß, wie rar die zarte Berliner Märzsonne ist, stelle ich mich an den äußeren Rand des hellen Fleckens. Er gesellt sich zu mir, und gemeinsam genießen wir die ersten 50 Zentimeter Frühling des Jahres.

Was kleines Buntes

Die ältere Dame, die Tag für Tag denselben schwarzen Faltenrock, einen Strickpullover, eine löchrige Wolljacke und hellrosa Lippenstift trägt, bleibt neben meiner Tochter und mir stehen. Zum ersten Mal scheint sie uns wahrzunehmen, sie blickt zur Kleinen herunter.

«Ick war mal Kinderjärtnerin, dit is aber 'n janzet Leben her.»

«Wie schön, Kinder sind wirklich großartig.»

«Und bunt sind se. Richtich bunt. Inner DDR, kenn Se die noch?, jedenfalls war da allet grau. Wenn ick jedoch die Kinder jesehen habe, dann wars bunt. Dit werd ick niemals vajessen.»

Im Osten was Neues

Im Zug, irgendwo zwischen Stendal und Hannover. Der ICE ruckelt durchs flache Nichts, das ältere Paar auf dem Doppelsitz gegenüber schweigt. Sie schaut aufs iPad, er blickt aus dem Fenster.

«Erich?»

«Ja?»

«In Zinnowitz baun Se jetzt 'nen Edeka mit Obergeschoss und Aufzug.»

«Aha.»

«Und Parkhaus.»

«Soso.»

«Weeßte, da wo die Tanke anner Ecke is.»

«Weeß ick, Gudrun.»

Sie schweigen wieder.

«Erich?»

«Ja?»

«Haste deine Pillchen jenommen?»

«Nee.»

«Musste aber!»

«Stimmt.»

«Hier!»

«Hab noch nichts jejessen.»

«Hab dir doch ne Stulle jeschmiert!», antwortet Gudrun und schmiegt sich dabei an Erichs Schulter.

«Du bist lieb.»

«Sogar ohne Kruste, Schnurpel.»

«Dich lieb ich!»

Gudrun sucht die Leberwurststulle und findet nur den Obstsalat. Erich löffelt die fein gewürfelten Früchte, Gudrun öffnet ein Hanuta.

«Erich?»

«Ja?»

«Jehn wa bald zu Edeka?»

Ein Mensch wie ein Sonntag

Auf einer Parkbank im tiefen Berliner Westen. Nach einem langen Spaziergang um das Schloss Charlottenburg habe ich mir einen Kaffee geholt und freue mich darauf, endlich den Roman weiterzulesen, den ich schon seit Wochen in meiner Tasche mit mir rumtrage. Neben mir sitzt eine ältere Frau, durch das dicht gesponnene Spandex funkeln ihre Thrombosestrümpfe in der angenehmen Maisonne.

«Atmen Sie mal tief ein!», sagt sie leise in meine Richtung.

Ich lege das Buch auf meinen Schoß und bin, bevor ich tief einatme, etwas genervt.

«Der Flieder blüht nur zwischen Mai und Juni so üppig, wussten Sie das?»

Ich wusste es nicht, da der grüne Daumen der Landwirtseite meiner Familie nicht auf mich übergegangen ist.

«Was riechen Sie?»

Der Duft an dieser Stelle des Parks ist wirklich unglaublich. Als ich mich umschaue, sehe ich Fliederbüsche in kräftigem Lila und zartem Weiß, die uns umgeben wie ein floraler Stuhlkreis. Es riecht blumig, ohne aufdringlich zu sein, zitronig, ganz leicht nach Zimt.

«Da, wo Sie gerade sitzen, saß meine Freundin Marion immer. Sie ist vor einem halben Jahr verstorben. Marion liebte den Flieder, und hier, wie an kaum einem anderen Ort in Berlin, haben sie ausschließlich Fliederbüsche gepflanzt.»

Ich kann mir nicht mehr vorstellen, in meinem Roman etwas zu lesen, das mich in diesem Moment mehr berühren würde.

«Als unsere Männer noch lebten, trafen wir uns immer sonntags zum Spazieren und Kuchenessen. Marion wusste alles über den Flieder. Sie konnte selbst unseren halbtoten Busch im Garten wieder zum Leben erwecken. Irgendwann trafen wir uns zwei-, manchmal dreimal in der Woche. Wir aßen sehr viel Kuchen, das kann ich Ihnen sagen.»

Ich wünschte, in diesem Moment ein Stück Kuchen aus meiner Tasche hervorziehen zu können.

«Meine Freundin Marion, die war wie ein Sonntag. Wissen Sie, was ich meine?»

Ich weiß nicht wirklich, was sie meint, kann es mir aber vorstellen.

«Suchen Sie sich Freunde, die wie Sonntage sind. Die machen das Leben schöner.»

Gemeinsam schauen wir uns den Flieder an und denken an Marion.

Kinderaugen

An einem der wenigen Sommertage in Berlin, in denen die Temperatur weit über 30 Grad gestiegen ist, sitze ich schwitzend unter einem Sonnenschirm vor einem Eiscafé. Meine neugeborene Tochter saugt an meiner Brust die letzten verbliebenen Tropfen Flüssigkeit aus meinem Körper, dem ich minütlich Eiswasser zufüge, während ich den traurigen, geschmolzenen Rest eines Erdbeerbechers aufschlecke. Neben mir sitzen eine Mutter und ihre Tochter, ein Kleinkind im Sommerkleid mit hellblauen Tupfen. Die Mutter, die einen Eiscafé schlürft, trägt an diesem unerträglich heißen Tag lange Jeans und ein langes Oberteil, was nicht nur mich, sondern auch das Kind zu wundern scheint.

«Mama, ist dir warm?»

«Etwas, ja.»

«Wieso hast du eine lange Hose an?»

Sie überlegt, was sie sagen soll.

«Weil die Mama Schlabberknie hat, mein Schatz.»

Die Kleine schaut auf ihre Beine, fährt mit den Händchen über die Haut mit den hellen Härchen, die selbst im Schatten leicht glitzern.

«Ich habe nur Knie, Mama.»

Einfach nur ehrlich

Vor einem Stehcafé, zwei rauchende Männer mit einem Pott Kaffee in der Hand

«Wir müssn reich werden, Heiko.»

«Und dann?»

«Würd ick dit janze Jeld natürlich ausjeben. Und du?»

«Ick würd ma meene Ruhe koofen.»

«Ooch von mir?»

«Janz besonders!»

Am Telefon mit meiner Großmutter

«Ich habe heute so viel Zeit, Linda!», sagt sie, als ich mich nach ihren Tagesplänen erkundige.

«So viel verdammte Zeit, die ich nicht annähernd mit Erledigungen und Aufgaben füllen kann. Weißt du, wie viel Zeit genau? Ich erzähl's dir: Heute Mittag esse ich Kartoffelpuffer und koche mir dafür gerade Apfelkompott, obwohl der Keller bis unter die Decke mit Einmachgläsern und Dosen gefüllt ist.»

Ich schweige, sie schweigt, wir schweigen. Selbst die Menschen in der U-Bahn, die mich umgeben, schweigen.

«Als junge Frau hatte ich gefühlt für nichts Zeit. Der Garten, die Kinder, dein Großvater. Von morgens um fünf bis abends um acht Programm. Stricken, stopfen, kochen. Daher sag ich dir was, und hör deiner Oma gut zu: Nimm dir Zeit. Und wenn du keine hast, dann schaff dir welche!»

Etwas später im Café, als wir längst aufgelegt haben, kippe ich den Cappuccino runter, blättere hektisch durch die Tageszeitung und schaue im Minutentakt auf die Uhr. Ich wollte schon früher im Büro sein – wegen Dingen. Sachen, Terminen, Aufgaben. Es zwickt seit Tagen in der Seite, mein Steißbein schmerzt beim Aufstehen, wenn ich länger gesessen habe. Ist das die voranschreitende Zeit? Ich denke an Oma Erika und all die Zeit, die sie zu einem falschen Zeitpunkt in ihrem Leben hat, und bestelle eine weitere Tasse Kaffee. Ich lese einen Artikel zur Wiedervereinigung und kreise dabei mein Becken achtförmig, so wie es die Masseurin empfahl.

Altbau-Casanova

In unserer Straße, ein älterer Mann steht vor einem Altbau und schaut zu den oberen Stockwerken hinauf.

«Suchen Sie etwas?», frage ich.

«Nee, ich schaue nur. Da oben, sehen Sie, da, dritter Stock, rechtes Fenster, hat mal 'ne Freundin gewohnt.»

«Ihre Freundin oder eine Freundin?», frage ich.

Nun stehen wir beide mit in den Nacken liegenden Köpfen vor dem buttergelben Haus.

«Meine Freundin. Das ist sicher ...»

Er zählt in Gedanken.

«... fünfzig Jahre her. Da war hier noch Osten und wir zwei verliebt wie sonst was. Petra hieß sie. Die hatte so schöne Brüste, Mann, Mann.»

Ich denke an Petras Brüste und seine Hände.

«Ihre Eltern mochten mich nicht, und nach einem Jahr rumschleichen hatte ich keinen Bock mehr. Mensch, Mensch, die Petra hab ich echt geliebt.»

Wir stehen kurze Zeit stumm im Nieselregen, bis ich mich verabschieden muss und ostwärts in Richtung Kreuzung laufe. Als ich fast dort angekommen bin, höre ich ihn hinter mir schnaubend rufen.

«Jutta, nicht Petra! Sie hieß Jutta!»

1987

Mit einem lautem Rumms fällt die massive Altbautür hinter Raik ins Schloss. Er schnallt sich seine Gitarre auf den Rücken, atmet die feuchte Luft dieses noch immer heißen Julitags ein und läuft los. Es ist das Jahr 87, es ist die Schönhauser Allee, es ist fast alles so, wie es in Raiks Vorstellung sein soll. Aber, was weiß Raik schon, würde unsereins sagen, er kennt es doch nicht anders. Fast. Weil er, nicht so oberflächlich, eher ganz tief in seiner Magengrube, dort, wo auch die anderen Ängste weilen, spürt, dass Veränderung in der Luft liegt. Veränderung, die nun voll und ganz sämtliche Braunkohlepartikel aus der Ostberliner Atmosphäre verdrängt.

Er liest selten Zeitung, wieso auch, Politik, das ist für die Macher. Er ist nicht so einer. Also, er macht vieles, aber nicht solches, was dann in die Zeitung kommt. Man ist wieder politischer. Hier und da, im Staatsfernsehen besonders, gespitzte Lippen, die angestrengt das scharfe P der Perestroika pressen wie Oma einst das Kalbfleisch für die Hausmacherleberwurst durch die Fleischpresse im Keller. Nee, das alles, das ist nichts für ihn. Er möchte hierbleiben, von ihm aus auch hinter der Mauer, und von Veränderung nichts wissen. Im Westen, denkt sich Raik, müssen sie uns für Rebellen halten, Biermann-Nachwuchs. Doch das sind sie, Raik und seine Kumpels zumindest, nicht, ganz gewiss nicht. Was auch immer normal in der DDR im Sommer 87 bedeuten mag. Das Glas ist für ihn weder halbleer noch halbvoll: Es ist ein Glas, und da kommt Wasser rein. Möglichst sprudelnd, möglichst kalt.

«Die Mauer muss weg!» Wie unsichtbare Warnschilder einer farblosen Republik verweilen die Rufe der jungen Leute in der Luft. Vielleicht, denkt er, ist das der Anfang vom Ende all dessen, was er kennt, was ihn warmhält, auch an kalten Tagen. Aber heute, an diesem Julitag 87, ist es heiß, und keiner möchte zu Hause bleiben. Und, so sieht es Raik, wenn man den Aufbruch ignoriert, dann verharrt dieser in Schockstarre und rattert erst dann weiter, wenn man sich um ihn schert. Er hat nicht viel, manchmal auch nichts. Aber wenn er etwas hat, dann ist es Bock. Bock auf Gitarrenmusik bei Micha. Und dort geht Raik jetzt hin.

Auf seinem Weg klingelt er bei Enrico, bei Maik und Uwe. Einfach klingeln, fragen: «Kommste runter?» und als Antwort «Klar komm ick runter!» erhalten. So einfach läuft das hier im Sommer 87. Und wer, denkt sich Raik, wer würde denn wollen, dass es anders wird? Von der Oderberger bis zur Buchholzerstraße sind es etwa fünf Ecken, heute würde man es Blocks nennen. Genau hier möchte Raik sein, hier möchte er hoch- und runterlaufen. Die Mauer im Rücken, den Schalk im Nacken.

Zehn Minuten, diverse Hallos und Schulterklopfer später erreicht er Michas Eckkneipe. Alle, wirklich alle, sind schon dort und warten sehnsüchtig auf seine ersten Akkorde. Noch kurz ein Schluck Wasser, kurz sammeln, kurz ausatmen. Er reibt die Kuppen seiner mit Hornhaut überzogenen Daumen und Zeigefinger aneinander, echte Gittarrenhände. Raik ist stolz drauf. Und eins, und zwei, und eins, zwei, drei, los gehts. Die Noten rinnen durch seine Finger wie unvergessliche Abendstunden durch den Schlund der Zeit. Es ist das Jahr 87, man feiert 750 Jahre Berlin. Doch er, er feiert insgeheim 38 Jahre Republik und 27 Jahre Raik. Mit rauer Stimme singt er über Hoffnung, über Frieden, meistens jedoch über Mädchen, denn die sind Hoffnung, Frieden, Glück, ein Lächeln, Gänsehaut, die sind alles in einem. Ganz vorne sitzen Tina und Peggy, wie schön sie sind, während sie im Takt mit den dünnen Knien wippen, ihre Finger um die Biergläser schlingen. Grüße vom Getränkekombinat, Grüße von Erich. Man grüßt nicht zurück, man schließt einfach die Augen und singt mit.

Durch das laute Knallen der Eingangstür des Cafés, in dem er und ich in Hörweite voneinander sitzen, erwacht Raik aus seinem Minutenschlaf, in den er beim Blick auf die stark befahrene Bernauer Straße gefallen sein muss. Dass er Raik heißt, weiß ich von einem kurz vorher geführten Telefonat, das mit «Hallo, hier ist Raik» begann. Alles andere sind meine auf ihn projizierten Gedanken, meine Erfahrungen aus Gesprächen mit und Beobachtungen von Männern wie ihm. Er sitzt an einem weißen Tisch, direkt am Fenster. Er sieht die jämmerlichen Mauerreste, um die sich heute schicke Eigentumswohnungen drapieren. Sieht die Touristen, die am bröckeligen Beton entlangschleichen. Sie können sich nicht vorstellen, was dort war, wie es war, wer sie waren. Menschen wie Raik, Tina, Micha, Uwe und Peggy. Sie haben einfach keine Ahnung. «Zum Verrücktwerden», sagt Raik. «Zum Verrücktwerden», sagt er und schmeißt zwei Pillen in seinen Rachen, die er mit einem kalten Schluck Wasser runterspült.

Ohne Anziehung

Das Kind, die Tochter, unser Kleinkind, findet eine große Seifenblasenröhre im Korb des Kinderwagens. Ich pruste aus, schaue auf die Uhr, sehe, dass wir eigentlich ausreichend Zeit haben, um pünktlich im Kindergarten zu sein. Und doch, wie fremdgesteuert, empfinde ich Eile. Diese Großstadteile, die in der Luft liegt, elektrisch, oder, besser noch, wie eine unsichtbare Magnetbahn, an der wir alle, die Erwachsenen, hängen und von A nach B gezogen werden. Von einem Pol zum nächsten, kaum Zeit, unsere Umgebung wahrzunehmen. Immer eine Straßenecke vorausschauend, gemächlich spazierenden Senioren und hüpfenden Kindern ausweichend.

«Wir müssen los, mein Engel!», rufe ich ihr zu, die mit ihren Händchen – Gott, diese Händchen – den Plastikzylinder mit der Seifenlauge aus dem Buggy zieht.

«Kurz Seifenblasen!», brüllt sie.

Ich schaue wieder auf meine Uhr. Ganz so, als wären in den letzten Sekunden mehrere Minuten vergangen.

«Aber wirklich nur kurz, mein Herz!», entgegne ich möglichst sanft, da ich mir vorgenommen hatte, die Welt, wenn es mir möglich ist, aus ihren Kinderaugen wahrzunehmen.

Dann stehen wir da, mitten auf dem Gehweg, blockieren die Radfahrer, die eigentlich auf die Straße gehören, lassen einen Schnauzer an der Lauge schnüffeln, große und kleine Blasen mit unseren Fingern platzen. Die Magnetbahn, wie ausgeknipst, die Gedanken im Kopf, diese elenden Gedanken, die immerfort rattern, pausieren. Es gibt nur sie, mich und die Seifenlauge. Den Moment, den nahenden Frühling. Und den älteren Mann, der von seinem Fahrrad absteigt, es an eine Hauswand lehnt und nicht, wie ich erwarte, muffig unser Spektakel kommentiert.

«Darf ich auch mal?», fragt er.

Das Kind hält ihm den Stab entgegen, in dessen Mitte die Lauge in der Sonne glitzert.

Er stellt sich neben uns, atmet tief ein und pustet sanft eine fußballgroße Seifenblase in den Berliner Himmel.

Wir drei, groß, mittelgroß, klein, stehen aufgereiht wie die Stare auf dem Bürgersteig. Ganz so, als müssten wir nirgends sein.

Platzmangel

«Eine Karte bitte.»

«Wo möchtest du sitzen?»

«Ist das Kino voll?»

«Nein, leer.»

«Ist es dann nicht egal, wo ich sitze?»

«Ist es dir egal, wo du sitzt?»

«Nein.»

«Dann kann ich dir einen Platz reservieren.»

«Aber das Kino ist doch leer.»

«Ja.»

«Dann kann ich mich doch setzen, wo ich möchte.»

«Aber so weißt du, wo dein Platz ist.»

«... aber ...»

«Mitte Mitte?»

«Ja, bitte.»

Am Telefon mit meiner Großmutter

«Oma, kommst du klar?»

«Natürlich komme ich klar.»

(Kichert.)

«Wieso kicherst du?»

«Ich habe vorhin eine Tasse kaputt gemacht. Und dann ist mir eingefallen, wie alt ich bin und wie viele Tassen ich habe. Ich könnte bis zu meinem Tod etwa zwei Tassen täglich zerschlagen und ihr hättet immer noch genug Arbeit beim Entrümpeln der Schränke.»

Hanami

Es ist der erste wirklich warme Tag des Jahres, ich sitze mit einem Kaffee auf einer Parkbank und bewundere die Blüten des gegenüberliegenden Baumes. Neben mir sitzt eine Frau, neben ihr sitzt ein Hund, den sie zärtlich am Hals krault.

«Das sind Kirschblüten», sagt sie kaum hörbar, mit einem leichten Akzent, den ich erst zuordnen kann, als ich sie anschaue. «In Japan beginnt jetzt die Kirschblütenzeit, daher sitze ich gerne auf dieser Bank.»

«Hanami, stimmt's?», antworte ich und hoffe, nicht völlig falschzuliegen.

«Richtig. Woher wissen Sie das?»

«Ich habe mal einen deutschen Film gesehen, der *Hanami* heißt.»

«Deutsche machen Filme über Sakura? Sakura ist die Kirschblüte, Hanami das Fest.»

«Es war ein guter Film.»

«Man kann über Hanami keine Filme machen. Man muss die Blüten mit den Augen sehen können.»

Ihr Hund, ein Shiba Inu, hat sich mittlerweile zwischen uns gelegt und lässt sich auch von mir streicheln.

«Ich war seit dreißig Jahren nicht zu Hause in Japan. Jedes Jahr besuche ich hier im März die Kirschblüten», erzählt sie.

«Das ist traurig und schön», antworte ich in einem Ton, der eine Umarmung mimen soll.

«Ich mag eigentlich keine Hunde, aber dieser ist eine japanische Rasse. Er erinnert mich auch an zu Hause.»

«Und ich mag eigentlich keine Shiba Inus, aber Ihr Hund ist anders.»

«In Berlin ist immer alles anders», sagt sie wieder leise und schaut auf den Baum.

Hellseherei

Ich sitze auf einer Bank, mache Notizen. Ein älterer Mann fragt, ob er sich mit sicherem Abstand zu mir setzen darf.

«Was schreiben Sie?», möchte er wissen.

«Ich notiere etwas, das ich vorhin beobachtet habe», antworte ich.

Er schweigt, schaut einer Krähe beim Zerhacken einer alten Nuss zu.

«Machen Sie das beruflich, das Beobachten?»

«Ich schreibe beruflich, ja.»

«Können Sie schreiben?»

Nun schweige ich und schaue der Krähe beim Zerhacken der alten Nuss zu.

«Gute Frage. Ich kann nicht wirklich etwas anderes.»

Die Nuss ist geknackt, die Krähe fliegt mit dem Inhalt davon.

«Dann sollten Sie auf jeden Fall gut darin sein, wenn Ihnen nur das Schreiben bleibt.»

«Ich bemühe mich.»

«Mit etwas Glück wird ein Buch daraus», sagt er und zieht eine Zeitung aus der Tasche.

Momente über die Liebe

«Sie sollten sich verlieben», empfahl mir ein älterer Herr vor Jahren, als er längere Zeit neben mir auf einer Parkbank saß und mich beim Lesen beobachtete. Wie lange er das bereits getan haben muss, weiß ich bis heute nicht. Ich schien mehrfach zu schnaufen, schlug die Beine abwechselnd übereinander und fand meinen Platz nicht. Ich erinnere mich sehr gut an diesen Moment, da ich zum ersten und zum letzten Mal jemanden von einem mittelgroßen Kran habe herunterspucken sehen. Aber darum ging es natürlich in diesem Moment nicht. Es ging um die Liebe beziehungsweise um ihre Abwesenheit und die Aura, die mich in den Augen des Mannes durch ihre Absenz umgab.

«Meinen Sie?», fragte ich und fühlte mich in einer Art und Weise ertappt, die man damit vergleichen konnte, nach dem Duschen nackt vom Nachbarn am Fenster gesehen zu werden. «Ich meine es nicht nur, ich weiß es. Meine Frau verstarb vor einem halben Jahr, und seitdem zucken meine Beine. Die Ruhe ist weg.» Liebe ist Ruhe, damit hatte er recht. Der ein oder andere wird das Gefühl kennen, wenn die Gedankenspirale in den Armen eines geliebten Menschen einfach stehen bleibt. Kein Rauschen, kein Rattern, der Sorgentinnitus verstummt.

Während ich die Speichelpfütze wenige Meter vor unseren Füßen beobachtete, dachte ich daran, wie oft ich die Liebe um mich herum habe kommen, verweilen und gehen sehen. Ich konnte es nicht quantifizieren, da ich seit dem bewussten Beobachten meiner Mitmenschen Liebe zu allen Zeiten, zwischen allen Menschen und an sämtlichen Orten wahrnahm.

Wenn mich meine Tochter also irgendwann einmal fragen wird: «Mama, was ist Liebe?», dann kann ich mit gutem Gewissen sagen, dass Liebe alles ist. Ich weiß, Sätze wie dieser sind eigentlich Jojo Moyes vorbehalten, und nichts liegt mir ferner, als wie sie zu klingen – aber es ist nun mal so: Liebe ist allgegenwärtig und zeigt sich in den unterschiedlichsten Formen. In Gestalt des Paares, das eines Morgens, ich wollte gerade zum Schreiben ansetzen, sich am Tisch neben mir küsste wie frisch verliebte Teenager. Das Schmatzen der Lippen und nasse Verknoten der Zungen irritierte mich so sehr, dass ich keinen klaren Gedanken fassen konnte. Ich stellte die Konzentrationsmusik auf meinen Kopfhörern so laut, dass ich Kopfschmerzen bekam. Liebe ist das gemeinsame Lesen einer Tageszeitung; Liebe ist das Teilen einer Kugel Schokoladeneis auf dem Spielplatz; Liebe sind Tränen vor einer Clubtür morgens um vier, wenn der sich heranschleichende Morgen das Oxytocin der Nacht auflöst wie Wasser Koks auf dem Waschbeckenrand; Liebe ist das Aufeinander-Aufpassen unter einer Brücke, das Warmhalten des Feuers vor dem Schlafsack.

Wenn es um die klassische Liebe zwischen zwei Menschen geht, habe ich eine Regel: Wenn es beim Anblick hinter den Augäpfeln kribbelt, kann man mit gutem Gewissen davon ausgehen, dass es Liebe ist. Interessanterweise hat sich die Liebe als Konzept in den letzten Jahren – oder wahrscheinlich noch nie – nicht verändert. Man kann sie als unbeweglichen Zustand verstehen, der sich aufbaut, idealerweise hält und manchmal versiegt. Was sich jedoch verändert hat, ist die Art, wie wir uns verlieben. Dating-Apps sei Dank finden erste Treffen andauernd und zu jeder Tages- und Nachtzeit an öffentlichen Orten statt. Für mich natürlich ein Segen, da Menschen sich immer seltener genieren, ihren Gefühlen an ebenjenem öffentlichen Raum freien Lauf zu lassen. Ich habe schon Leute nach einer Minute aufstehen und gehen sehen, während ihr Gegenüber nach dem kurzen ersten Treffen verdutzt zurückgelassen wurde. Ich habe unzählige Menschen an Straßenecken oder vor Restaurants stehen und Hunderte vorbeilaufende Passanten nach dem oder der einen Ausschau halten sehen – in der Hoffnung, dass es bereits beim ersten Kennenlernen hinter den Augäpfeln kribbeln möge.

In einer Welt, die immer grausamer, unmittelbarer und schwerer zu navigieren wird, ist Liebe unsere einzige Rettung. Bitte nicht damit verwechseln, dass wir dem Bösen mit Liebe begegnen müssen – aber hey, you do you. Oder anders: Letztendlich haben wir die Wahl – der Liebe und ihrer Existenz konstant zu misstrauen oder sie überall zu vermuten und versuchen zu erkennen. Dabei soll dieses Buch helfen. Denn, wie ich bereits eingangs sagte, handelt es sich hier um Alltagsbeobachtungen, wie sie an vielen Orten dieser Welt zu finden sind. Meine «Liebe ist überall»-Überzeugung ist kein billiger Mythos, mit dem ich teure Selbstliebe-Coachings verkaufen möchte, sie ist das Resultat einer schier unbezahlbaren Menge Kaffees, Geduld und einer antrainierten Offenheit für die Möglichkeit, dass um uns herum nicht alles den Bach runtergeht.

Als ich an den letzten Seiten dieses Buches saß und mich schwer damit tat, das Manuskript abzusenden, rief ich meinen Vater an. Ich klagte ihm mein Leid und sprach vor der Angst, mich in Banalität zu verlieren. «Letztendlich», sagte er, «ist jeder Text banal, wenn man ihn auf seine Einzelteile runterbricht, mein Schatz: Subjekt, Prädikat, Objekt.» Subjekt, Prädikat, Objekt. Subjekt – Prädikat – Objekt. Mit seinen wenigen Worten kehrte Wärme in meine Fingerspitzen zurück, die während des Schreibens wie kalte Klötze auf der Tastatur lagen. Und wenn das keine Liebe ist, dann weiß ich auch nicht.